衛斯理小説典藏版 06

玩具

衛斯理
親自演繹衛斯理

《玩具》

新之又新的序言，最新的

衛斯理小說從第一次出版至今，歷時已近半世紀，總共出了多少正版，還能計得清，若是連盜版一起算，那就算找外星人來算，也算勿清楚哉！不知能不能也算世界記錄。

算得清好，算勿清也好，能幾十年來不斷出新版，說明不斷有讀者加入，對作者來說，沒有更值得高興的事了，謝謝所有喜歡衛斯理的人，謝謝謝謝。

二〇二〇年六月四日　香港

幾句話

寫了四十多年小說，論者將拙作分為三個時期：早、中、晚。在明窗出版的一批，屬於早期和中期的上半。三個時期的創作風格有相當程度的不同，所以風評不一。本人並無偏愛，但讀友對早期的作品，頗有好評，大抵是由於在早、中期作品之中，主要人物精力充沛，活力無窮，所以使故事曲折多變，小說也就格外吸引。明窗出版社此次重新出版這批作品，正好讓大家來證明這一點。

四十餘年來，新舊讀友不絕，若因此而能有新讀友，不亦快哉！

倪匡

二〇〇五年十一月六日

序言

「玩具」這個故事，設想了地球由機器人統治。機器人的統治中心，是一座巨大無比的電腦。它把地球上的氧氣弄走了，於是所有生物一起死亡，剩下來的，就成了各種類型不同的玩具。

如果真有那種情形出現，那自然是人類的大悲劇，不過，更大的悲劇，在於故事的後半部：陶格的一家和衛斯理，開始時都認為自己逃出來了，可是終於知道，不斷地逃亡，也根本是作為玩具被機器人玩的方法。自始至終，都是遊戲中的一種道具，始終只是玩具。

玩具的關係，在人和人之間也存在着，一些人是一些人的玩具，怎麼也擺脱不了被玩的命運——倒不是富豪玩弄美女那麼簡單，有很多不同形式的表現，而且，在絕大多數情形下，作為玩具的，並不大有改變自己地位的想法。

像這個故事中的「玩具」，不是日子過得極好，生活一無憂慮，甚至比人類自己作主時還好得多嗎？

衛斯理（倪匡）

一九八六年十二年二十三日

目錄

第一部

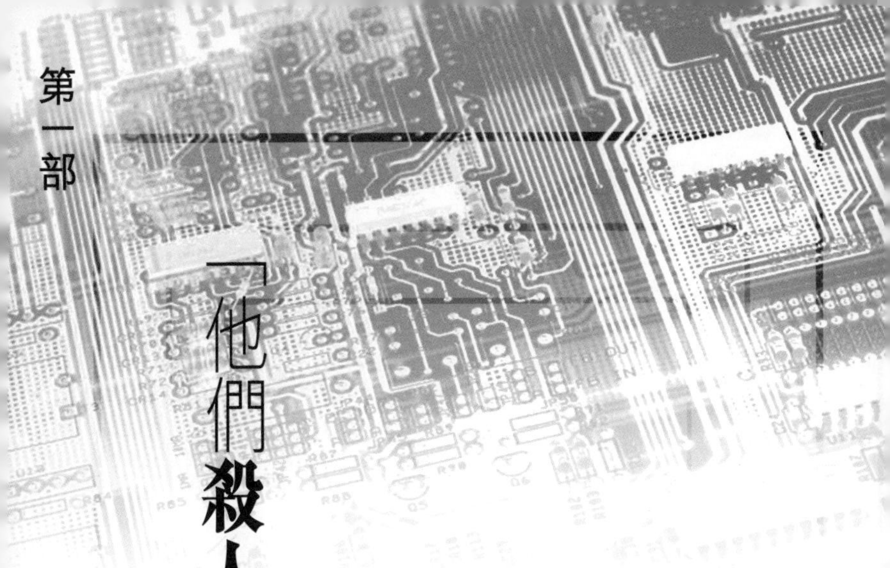

「他們殺人！」

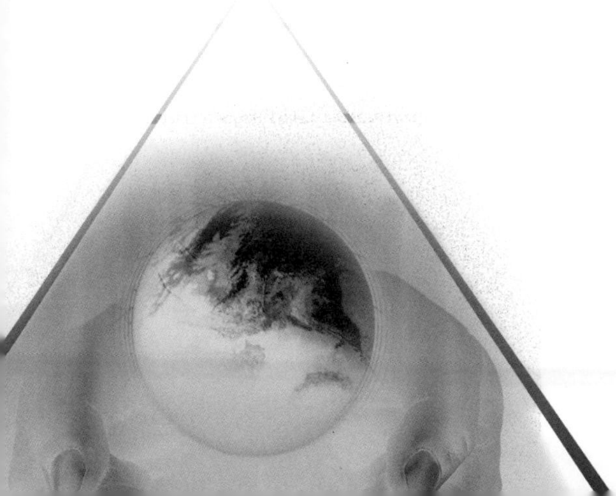

兩樁相當古怪的事加在一起，使我對陶格先生的一家人，發生了興趣。先說第一樁。

在歐洲旅行，乘坐國際列車，在比利時上車，目的地是巴黎。歐洲的國際列車，可以說是世界上設備最好的火車，速度高，服務好，所經各處，風光如畫，乘坐這樣的火車旅行，真是賞心樂事。

上了車不久，我感到有點肚餓，就離開了自己的車廂，走向餐車。

世事就是這樣的奇怪，一個看來絕對無關重要的決定，會對下決定的這個人，或是和這個人完全無關的另一些人，產生重大的影響，像是冥冥中自有奇妙的安排，任何人都無法預測。

那天的情形就是這樣，如果我早半分鐘決定要到餐車去，或是遲半分鐘決定離開車廂，那就根本不會有如今在記述着的這個「玩具」故事。可是偏偏我就在這個時間離開。所以，我遇上了浦安夫婦。

第一次遇到浦安夫婦時，根本不認識他們，也不知道他們的姓名。浦安先生將近六十歲，一頭銀髮，衣著十分得體，看來事業相當成功，浦安夫人的年紀和她先生相若，雍容的神態，一望而知，曾受過高等教育，而且比較守舊。

先說當時的情形。

我移開車廂的門，跨出來，浦安夫婦手挽手，自我的左手邊走過來。車廂外的通道不是很寬，一般來說，只能供一個人走動，但是這一雙老夫婦，親熱地靠在一起，也勉強可以通過。

我看到他們兩人那種安詳、親熱的神態，想起這一雙夫婦，可能已共同經歷了數十年的患難，如今正在享受他們的晚年，心頭欣羨。

到餐車去，要向左轉，他們兩人走過來，如果和他們迎面相遇，他們就一定要分開來，各自側着身，才能讓我通過。而我不想這樣，所以我就在車廂門口等着，等他們經過了我的身前，我再起步。

他們兩人顯然看出了我的心意，所以向我友善地笑着，點着頭：「謝謝你，年輕人，我們在一起的時間已不會太多了，真不想分開來！」

我笑道：「不算什麼，你們是惹人欣羨、幸福的一對！」

他們兩人互望着，滿足地笑。

火車上相遇，這樣的寒暄，已經足夠，沒有請教對方姓名的必要。

可是，就在這時，發生了一件事。

在我的右方，也就是浦安夫婦迎面處，有一男一女兩個小孩，追逐着，奔了過來。奔在前面的是一個小女孩，一頭紅髮，樣子可愛極了，大約六歲，皮膚白皙，眼睛碧藍，看來像是北歐人，奔得相當快。

在小女孩身後追來的是一個小男孩，約莫八歲，樣子也極其可愛，從來也未曾見過模樣那麼討人喜歡的小男孩。

這一雙孩子，每一個人見了，都會從心底裏喜歡出來。我看到他們奔得那樣急，奔在最前面的那個小女孩，幾乎就撞到浦安夫婦身上，我忙叫了起來：「小心！」

我才叫出口，小女孩已經向着浦安夫婦撞了過去，浦安先生忙伸手抓住了小女孩的手。小女孩也不害怕，轉過頭來，向身後也已經站住的小男孩道：「看，你追不上我，你追不上我！」

小孩子外貌惹人喜歡，很佔便宜，往往做了錯事，也能得到額外的原諒。這是一種很不公平的現象，雖然是小事，但總是一種不公平，我一向不怎麼喜歡這一類的事。我立時沉下了臉，用很不客氣的語調申斥道：「火車的走廊，並不是玩追逐遊戲的好地方！」

我一開口，那小女孩轉過頭來望我，她碧藍的眼珠轉動着，調皮精靈，而且向我甜甜地笑着。她那種可愛的神情，可以令得任何發怒的人，怒氣全消，我還想再說她幾句，可是卻說不出口。

也就在這時，只聽得浦安夫人忽然發出了一下驚呼聲，她本來只是扶住了那小女孩的，這時，隨着她發出來的呼叫聲，她緊抓了那小女孩的手臂，臉上的神情，又是訝異，又是高興，叫道：「唐娜，是你！」

她叫着，又抬頭向那小男孩看去，又叫了起來：「伊凡！你們還記得我麼？」

浦安夫人的叫聲和神情，又驚訝又高興，她開始呼叫的時候，倒着實嚇了我一大跳，以為發生了什麼意外，這時看她的樣子，分明是遇到了相熟的孩子，所以才高興地叫。

她叫着那兩個孩子的名字，那兩個孩子吃了一驚，男孩子忙踏前一步，一伸手，將女孩子自浦安夫人的手中，拉了出來。

他們兩個，後退了一步，男孩子說道：「老太太，你認錯人了！」

男孩子這樣說了之後，和女孩子互望了一眼，兩人一低頭，向前衝出去，浦安先生一側身，兩個孩子就從浦安先生和浦安夫人之間奔了過去。

浦安夫人望着他們奔進了下一節車廂，才轉過身來，神情訝異莫名。浦安先生搖着頭：「親愛的，你認錯人了！」

浦安夫人忙道：「不，一定是他們！唐娜和伊凡，一定是他們！」

浦安先生搖頭，堅決道：「很像，但一定不是他們！」

他們兩人就站在我身前，爭執着。這使我感到很尷尬，因為我是要等他們走過之後，有路讓出來，我才能到餐車去，他們老是爭執這個無謂的問題，我要等到什麼時候才能走？

而浦安先生和夫人，看來還要爭執下去，一個說：「一定是他們！」另一個說：「絕不會！」

我有點不耐煩，說道：「兩位……」

我想，應該用什麼比較客氣一點的話，請他們走前幾步再繼續爭論，誰知道我才一開口，浦安夫人就向我望來：「先生，我記憶力很好，一直很好，像你，我看了你一眼，以後我一定可以認出你，記得曾和你在什麼地方見過面！」

我敷衍道：「這真是了不起的本領！」

浦安夫人道：「剛才那兩個可愛的孩子，我和他們一家，做了一年鄰居，誰會忘記這樣可愛的一對孩子？」她一面說，一面指着浦安先生。「而他卻說我認錯人了，真是豈有此理！」

浦安先生語氣平和：「親愛的，你和他們作了一年鄰居，那是什麼時候的事情？」

浦安夫人說道：「那時，你在法國南部，嗯，對了，是九年前……」

浦安夫人講到這裏，陡地住了口，現出了十分尷尬、再也說不下去的神情來。

我和浦安先生忍不住哈哈大笑起來。

當然是浦安夫人認錯人了！

九年前，一個六歲，一個八歲的孩子，如今都應該是青年人了，怎麼還會是以前的樣子？九年，在成年人的身上不算什麼，但是在孩子的身上，可以發生天翻地覆的變化！

我和浦安先生笑着，浦安夫人雖然神情尷尬，可是還是不肯服輸，在我們的笑聲中，她喃喃地道：「一定是他們，一定是陶格先生的孩子，唐娜和伊凡！」

她一面說，一面向前走去，浦安先生跟了上去，轉過頭來，向我作了一個無可奈何的手勢，我明白他在向我說，女人無可理喻的時候，真是沒有辦法。我報以一笑，轉身向左走向餐車。

我在一轉身之後，就不將這件事再放在心上，一個自稱記憶力好的老婦人，認錯了兩個孩子，這事情實在太尋常了！

我經過了三節車廂，進入了餐車，才一進餐車，我就看到了那兩個孩子，他們正和一男一女，坐在一起。那一男一女，看來是他們的父母。男的英俊挺拔，足有一百九十公分高，一頭紅髮，是一個標準的美男子，大約三十歲左右。那女的，一頭金髮，美麗絕倫，舉止高貴大方，正在用一條濕毛巾替小男孩抹着手。

我一看之下，大是心折，心想，真要有這樣的父母，才會生出這樣可愛的孩子來！

我同時也發現，這一家人不但吸引了我的視線，也吸引了餐車中所有人的視線，幾乎每一個人都在看他們。而他們顯然也習慣了在公共場所被人家這樣注目，所以一點沒有窘迫不安的表示。我看了他們一會，找到了一個座位，坐了下來，在我看着菜單之際，我聽到那個男人，用十分優美的聲音道：「不准再在火車上追逐，知道嗎？」

那兩個孩子齊聲答應了一聲。

我在想：這是一個有教養的家庭，不會縱容孩子在公共場所胡鬧。

接着，我又聽到那少婦用十分美妙的聲音道：「是誰先發起的？唐娜還是伊凡？」

這是一句極普通的話，可是聽在我的耳中，卻像是雷轟一樣！使我陡地震動了一下，連手中的菜牌，也幾乎跌到了地上！我忙向他們望去，只看到那小女孩低着頭，不出聲，男孩卻一臉高興的神色：「不是我！」

那少婦又道：「唐娜，下次再這樣，罰你不能吃甜品！」

那小女孩低聲答應了一聲，眨着眼，樣子好玩，逗得幾個人都笑了起來。

而我，這時心中卻十分亂。浦安夫人曾認錯了這兩個孩子是她的九年前的鄰居，而且還叫出了他們的名字：「唐娜」和「伊凡」。

而如今，這兩個孩子，真是叫唐娜和伊凡！

可是我記得，當浦安夫人叫他們名字之際，那兩個孩子卻一點反應也沒有，那男孩子還立刻說浦安夫人認錯了人！

兩個孩子，外貌相似，名字也相同，這實在太巧合了！而且，那男孩子為什麼要說謊呢？浦安夫人明明叫對了他的名字，就算他不認得浦安夫人，至少也應該表示驚訝，何以一個陌生人會知道他的名字！

可是那男孩子伊凡，卻只是簡單地說「認錯人了」！

我一向好對不可解的事作進一步推究，即使是極其細微的事，只要不合常理，我都會推究下去。這時，我思索着，想找出一個合理的答案來，以致侍者來到我面前之際，我只是隨便指着菜牌上的一行字，就將菜牌還給了侍者。

當我將菜牌還給侍者之際，我留意到侍者的神情很古怪，但是我卻沒有留意，只是注意着那一家人，看着他們進食。

那一家人，看來並沒有什麼特別，那個男孩或許只是不願意和老年人多打交道，所以才會有剛才那種反應的。我想到這裏，心中才又釋然。

十五分鐘後，我要的食品來了，我這才知道何以剛才那侍者的神情如此古怪的原因，原來剛才我心不在焉，隨便一指，竟要了一盆七色冰淇淋，還加上許多好看的裝飾，那是小孩子的食品！

我一向不喜歡吃凍甜品的，這樣的一盆東西送了來，我真不知如何才好，幸而我腦筋動得快，我向那一家人指了一指：「這是我為這兩個孩子叫的，請代我拿過去給他們！」

侍者答應了一聲，托着那一大盆甜品，走向那一家人，低聲說了幾句。我聽到唐娜和伊凡都歡呼了起來，那男人和少婦，向我望了過來。我略略欠身，向他們作致意，侍者回來，我又要了食物。

雖然那一家人很引人注意，但是一直注視人家，畢竟是很不禮貌的，所以在我自己的食物送上來之後，我就不再去看他們。

等我進食完畢，他們已經離座，向前走去，我只看到他們的背影，走出了餐車，那是向列車的尾部走去的，也就是從我的車廂走向餐車的那個方向。

我不厭其煩地敘述他們離去時的方向，也是和以後發生的事，有一定關係的。

當那一家人離開之後，侍者來到我的身邊：「陶格先生說謝謝你請他的孩子吃甜品！」

我一聽，又陡地一呆，一時之間，張大了口，樣子像是傻瓜一樣！

我立時記起浦安夫人的話：「一定是陶格先生的孩子！」由此可知，孩子的父親姓陶格，而那侍者說「陶格先生說謝謝你……」我驚愕了大約有半分鐘之久，以致那位侍者也驚駭起來，以為他自己說錯了什麼話。

我在驚愕之中定過神來，忙道：「不算什麼，可愛的孩子，是不是？」

侍者道：「是，真可愛！」

侍者走了開去，我在想着：陶格先生，可愛的孩子唐娜和伊凡，本來一點也沒有什麼特別，但何以事情如此湊巧？和浦安夫人九年前的鄰居一樣？

我想了半晌，才得出了一個結論：兩位陶格先生，可能是兄弟。如今的唐娜和伊凡，是九年前浦安夫人鄰居的堂親。自然相貌相同，而且，取同樣的名字，也很普通。

想到了這一點，我十分高興，因為一個看來很複雜的問題，用最簡單的方法解釋通了！如果再遇到浦安夫婦，就將我想到的答案，告訴他們！

我慢慢地喝完了一杯酒，付賬，起身，走回車廂。我向列車的車頭方向走。我來到了車廂附近，看到前面幾個車廂中的人，都打開門，將頭在向外看着。

這種情形，一望而知，是有意外發生了。

也就在這時，一個列車員，在我身旁匆匆經過，趕向前去，我還來不及問他發生了什麼，兩個列車員，抬着一個擔架，急急走過來，擔架旁是護士，擔架上的人，罩着氧氣面罩。

雖然擔架上的人罩着氧氣面罩，但是我還是一眼就可以認出他是什麼人。那是浦安先生！

我一看到是他，不由自主，「啊」地一聲，叫了起來，抬着擔架的兩個列車員，在前面的那個，推了我一下，叫我讓開。

我才側過身子，就看到浦安先生睜開了眼，向我望過來，他一看到了我，像是想和我説什麼，可是他根本沒有機會對我説話，一則，因為他的口鼻上，罩着氧氣罩，二則，那個抬擔架的列車員，急急向前走着。

我心中極亂，真想不到，在半小時之前，看來精神旺盛，一轉眼之間，會變成這樣子！浦安先生的臉上，一點血色也沒有，呈現一種可怕的青灰色，單憑經驗，我也可以知道他的情形，十分嚴重。

這確然令人震驚。可是更震驚的還在後面，我在發怔間，陡地聽到了一聲大喝：「天，讓開點好不好？別阻着通道！」

我忙一閃身，看到向我呼喝的是一個年輕人，穿着白色的長袍，掛着聽診器，可能是列車上的醫生，他在急匆匆向前走着，在他的身後，是另一副擔架，也是兩個列車員抬着。躺在擔架上的人，赫然是浦安夫人！

她也罩着氧氣罩，一樣面色泛青。所不同的是，浦安先生只是一動不動地躺着，而浦安夫人則在不斷掙扎着，雙眼睜得極大，以致在她身邊的一個護士，要伸手按住她的身子，不讓她亂動。

我更是驚駭莫名，一時之間無論如何想不通他們兩人在這半小時之中，發生了什麼意外。

而浦安夫人一看到我，突然，伸出了手來，拉住了我的衣角。她抓得如此之緊，以致那護士想拉開她的手，也在所不能。

我忙道：「別拉她的手！」

走在前面的醫生轉過頭來，怒道：「什麼事？」他指着我：「你想幹什麼？」

我道：「不是我想幹什麼，而是這位夫人拉住了我的衣服。」

這時，浦安夫人竭力掙扎着，彎起身來，一下子拉掉了氧氣罩，神情極痛苦，看她的樣子，像是要坐起身來，但是卻力有不逮，她的口唇劇烈地發着抖，雙眼眼神散亂，但還是望定了我。

剎那之間發生了這樣的變化，身邊的那個護士，手忙腳亂起來。

而我，看出浦安夫人想對我說話，我忙俯下身去，將耳湊到浦安夫人的口邊。果然，我才一湊上耳去，就聽得浦安夫人斷續而急速地道：「天！他們殺人！他們殺了我們！」

我一聽得浦安夫人這樣講，更是震動不已，我忙道：「你是說……」

可是我的話還未說出口，那醫生已極其粗暴地用力推了我一下，將我推得跌退了一步。同時，他又聲勢洶洶，指着我喝道：「你再妨礙急救，我可以叫列車上的警員拘捕你！」

我這時，心中駭異已極，因為浦安夫人明明白白的告訴我，有人「殺人」，被殺的對象，正是她和浦安先生，我當然非要弄明白不可！我沒空和醫生多計較，正待再去聽浦安夫人說些什麼時，卻已經來不及了，護士已手忙腳亂地將氧氣罩，再按到了浦安夫人的口鼻上，擔架也被迅速抬向前。

我立時道：「對不起，他們是我的朋友，剛才，她向我說了一些極其重要的事，我相信還沒有說完，我是不是可以跟到醫療室去看看他們？」

那醫生喝道：「不行！你以為火車上的醫療室有多大？」

我心中有氣：「告訴你，剛才她說她是遭人謀殺的，如果她來不及說出兇手的名字而遭了不幸，我想，我可以懷疑你是兇手的同謀！」

那醫生看來是一個脾氣暴躁的人，遇上了這樣脾氣的人，真是不幸。他一聽之下，非但沒有被我嚇倒，反倒冷笑一聲，又向我一推，喝道：「滾開！」

在他向外一推之際，我一翻手，已扣住了他的手腕，只要我一抖手，就可以將他直拋出去。

但在那一剎間，我一想到這醫生已有急救任務在身，我不能太魯莽，所以立時鬆開了手。那醫生狠狠地瞪了我一眼，轉身向前走去。

我忙跟在他的後面，經過了幾節車廂，在餐車後面一節的車廂，就是緊急醫療室。我來到的時候，浦安夫婦已被抬了進去，醫生也走了進去，用力將門移上，我推了推，沒有推開。

我只好在外面等着，不一會，門又推開，四個列車員走了出來，我忙問道：「情形怎麼樣？」

一個列車員搖着頭，我不禁發起急來：「讓我進去，她還有話對我說。」在我嚷叫之間，列車長和一個警官也走了過來，我忙向他們道：「裏面兩個人，半小時之前還生龍活虎，現在情形很不對，那位老太太對我說道，有人殺他們！」

列車長和警官聽着，皺了皺眉，不理我，拉開門，走了進去，我想硬擠進去，卻被那警官以極大的力道，推了我出來。

我心中又是震駭，又是怪異，因為我實在不知道發生了什麼事。

我雖然自稱是他們的朋友，但實際上，我當時連他們的名字是什麼也不知道！我不知道他們的情形如何，只好在走廊中來回走着。

過了五分鐘左右，播音器中，忽然傳出了列車長的聲音：「各位乘客，由於列車上有兩位乘客，心臟病突然發作，而列車上的醫療設備不夠，所以必須在前面一站作緊急停車，希望不會耽擱各位的旅程，請各位原諒！」

廣播用英文、法文、德文重複着。

我向火車外看了看，火車正在荷蘭境內，我估計附近還不會有什麼大城市，荷蘭是一個十分進步的國家，一般小城鎮的醫院，也足可以應付緊急的心臟病突發，如果浦安夫婦真是心臟病突發的話。

一直到這時候，我才想起，我自己真是蠢極了！我既然不能進入緊急醫療室，何不到浦安夫婦的車廂中，去看一看，看是不是能找到什麼線索！

我轉身向前走去，經過了我自己的車廂。我本來並不知道他們的車廂何在，但一進入一節車廂，我就知道了，因為我看到兩個警員，提着兩隻箱子，自一個車廂中走出來。箱子上寫着「浦安先生、夫人」的名字。

直到這時，我才知道這一對老年夫婦的名字。

警員提着箱子向前走來，我迎了上去：「是他們的？」

一個警員道：「是！真巧，兩個人同時心臟病發作！」

我悶哼了一聲，等他們走了過去，我探頭去看已經空了的車廂。那是頭等車廂，有舒服的座位。座位上有一本書，還有一疊報紙，那顯然是浦安夫婦正在閱讀的。

車廂之中，完全沒有掙扎打鬥過的迹象，我探頭看了一下，心中充滿了疑惑，轉過頭來，看到有幾個搭客在走廊中交談，我忙問道：「是哪一位發現他們兩人，需要幫助的？」

一個中年男子道：「我！」

我忙道：「當時的情形……」

那中年男子不等我講完，就道：「我正經過，我在他們旁邊的車廂，看到他們車廂的門突然拉開，老先生的身子先仆出來，接着是老太太，老太太在叫：『救命！救命！』我立時大叫起來，列車員就來了！」

我道：「老太太沒有再說什麼？」

那中年人瞪了我一眼：「你是什麼人？警務人員？」

我一愣，不明白那中年人何以這樣問，我道：「什麼使你聯想起警務人員？」

那中年人攤了攤手：「老太太在倒地的時候，叫着：『天！他們殺人！他們殺人！』可是我不知道她這樣叫是什麼意思，因為除了他們和我之外，根本沒有任何人。」

我瞪了他一眼，那中年人自嘲地說道：「我當然不是殺人兇手！」

我望着那半禿的中年人，雖然殺人兇手的額頭上不會刻着字，但是，我也相信他不會是殺人兇手。

使我心中疑惑增加的是，原來浦安夫人已經說過一次這樣的話！

就在這時，列車速度慢了下來，接着，我就看到前面有一個市鎮，列車在車站停下，已經有救護車停在車站的附近。

我一看到這樣的情形，急忙下車。

我先奔向救傷車，打開了司機旁的車門，坐了上去。

救傷車司機以極其錯愕的神情望着我，我忙解釋道：「我是病人的朋友，要和他們一起到醫院去！」

司機接受了我的解釋，擔架抬上了救傷車，我看到列車上的醫生和救傷車上的醫生在交談，救傷車的醫生和護士，跳上了車，救傷車向前疾駛而出。

我心中在想，世事真奇，要不是我先在進餐之際，遇上了浦安夫婦，我一定還在列車上，但是此際，我卻在荷蘭一個小鎮的赴醫院途中！

正當我在這樣想的時候，車子已經進了小鎮的市區，我突然看到，在街角處，有一輛出租汽車在，有兩個大人，兩個小孩，正在上車，行李箱打開着，司機正將兩隻旅行箱放進去。

那四個人，我一眼就可以認出來，正是陶格夫婦和他們的孩子，唐娜和伊凡！

這事情，真怪異莫名！

由於事情實在太突然，而且在那一剎間，我將一些事聯接起來，有了一個極模糊的概念，我絕說不上究竟想到了一些什麼，但是知道要先和陶格一家人見一見！

我陡地叫了起來：「停車！停車！」

司機給我突如其來地一叫，嚇了一大跳，自然而然，一腳向煞車掣踏了下去，正在急馳中的車子，一下震盪，停了下來。

車子才一停下，駕駛室後面的一個小窗子打開來，救傷車的車廂中有人怒喝道：「幹什麼？」

這時，司機也想起了他不應該停車，是以立時向我怒目而視。我來不及向他解釋為什麼要叫他停車，因為我看到陶格一家人，已經登上了那輛出租汽車，我打開車門，一躍而下，一面揮着手，大聲叫着，向那輛車子追了過去。

我在奔出去之際，只聽得那司機在我的身後大聲罵道：「瘋子！」

荷蘭人相當友善，那救傷車司機這樣罵我，自然是因為他對我的行為忍無可忍的緣故。

我一追了上去，街上有幾個行人，佇足以觀，但等我奔過了街角之際，陶格的那一家人乘坐的汽車，已經疾駛而去，我無法追得上，我甚至沒有機會記下那輛出租車子的牌號。

當我發覺我追不上那輛車子之際，唯有頹然停了下來。在這時候，我定了定神，自己問自己：我為什麼要追過來呢？

當我這樣問自己之際，我發現我自己對這個問題，根本回答不上來！我為什麼一看到陶格一家，就立時會高叫着，要救傷車司機停車？當時，我只是突然之間，想到了一點，覺得十分可疑。我想到的一點是……陶格先生，和他的妻子、孩子們，絕沒有理由在這裏離開火車！

這列火車是一列國際直通列車，乘搭這種列車的人，都不會是短途搭客。而且，這個小鎮，根本不是火車預定的一個站，火車在這裏停下，是因為浦安夫婦需要緊急救治。

那麼，陶格一家，為什麼要匆匆在這裏下車？

是陶格一家和浦安夫婦突然「病發」有關聯？尤其是浦安夫人曾對我說過「他們殺人」這樣的話！

這就是我何以一見到，就突然想追上他們的原因了。

然而這時，我思緒鎮定了下來，我就不由自主，自己搖着頭，覺得我將陶格先生的一家人，和浦安夫婦的「病發」聯繫在一起，沒有理由。

還記得我曾特別詳細地敘述在列車餐車中各人來去的方向麼？陶格一家在餐後，是向車尾部分走去的。而浦安夫婦的車廂，在接近車頭的那部分。

那也就是說，如果真有人「殺人」的話，那麼，殺人者，不可能是陶格先生，也不可能是他一家中的任何人，因為他們要去害浦安夫婦，一定要走向車頭部分，在火車上只有單一的通道，他們要到浦安夫婦的車廂去，就一定要經過餐車，而我卻沒有見到他們經過。

由於他們，兩大兩小，全是這樣惹人注目的人物，若是說他們之中的一個經過餐車，而我竟然忽略了，那是不可思議的事！

我絕無理由懷疑浦安夫婦的「病發」和陶格一家人有關！

第二部

死因成謎

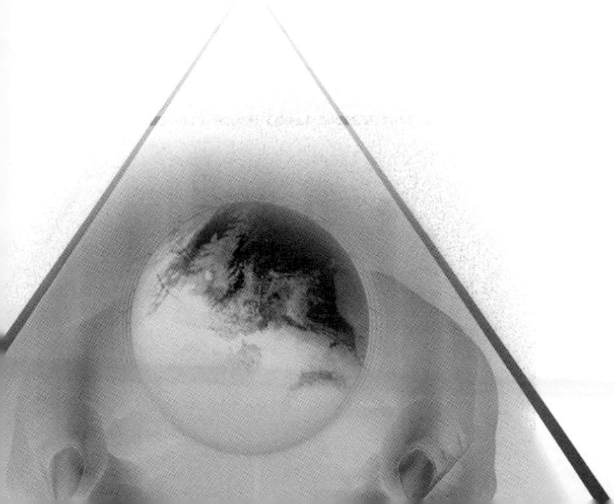

我在經過了一番分析之後，認為他們突然離開火車，雖然事情突兀，相當可疑，但不會和浦安夫婦的事有關。小鎮只有一家醫院，並不難找，我問明了醫院的所在地，就向醫院走去。

一面走着，一面我仍然在想，何以我會將陶格和浦安連在一起，覺得他們之間有着一定關係？一定是有什麼事，什麼話，啟發了我，使我這樣想。可是一時之間，卻又想不起究竟是什麼！

十五分鐘之後，到了醫院，向詢問處問了一問，職員指着急救室，叫我向急救室的門口去。當我來到急救室的門口之際，我呆住了。

我看到兩副病牀推出來，病牀上當然躺着人，但卻用白布自頭至腳蓋着。跟在病牀之旁的，是我曾見過的救傷車上的醫生。

我陡地一驚：「他們……他們是在火車上出事的那一對夫婦？」

那醫生望了我一眼：「哦，你是他們的朋友？」

我忙道：「他們……怎麼了？」

醫生作了一個無可奈何的手勢，道：「死了！」

我深深吸了一口氣：「死了？是……為什麼死的？死因是什麼？」

醫生道：「初步斷定是心臟病，詳細的死因，還要經過剖驗才知道。」

我追上了病牀，對推着病牀的職員道：「請停一下，我想看看他們！」

一個職員道：「別在通道上，讓別的病人家屬見到了，會令他們害怕！」

我點了點頭，表示同意，跟着他們，來到了停放死人的地方，那地方的俗稱是「太平間」。

所有醫院的「太平間」幾乎一樣，一進門，就是一股濃烈的甲醛氣味。而「太平間」的工作人員，多半是因為看死人看得多了，所以對於死人，全然無動於衷。

浦安夫婦一被推了進來，兩個「太平間」的工作人員，就一下子揭開了白布，將浦安夫婦自病牀上搬到了一張枱上，並且立即在他們的大拇指上，綁上紙標籤。

就在這時候，我走近死去了的浦安夫婦，心頭帶着許多疑問和無限的感慨。不到一小時之前，我還和他們在說話，但現在，我卻在望着他們的屍體！

兩人的臉色，均呈現一種可怕的青藍色，像是他們全身的血液都轉了顏色，我一看到這樣的臉色，忽然無緣無故，向他們的頸際看了一眼。我忽然望向他們的頸際，因為他們的臉色這樣難看，使人想起他們是被「吸血殭屍」吸乾了血，而在傳說之中，「吸血殭屍」總在頸際吸血。

當然，他們的頸際並沒有傷痕。而他們的臉色如此之難看，根據普通常識來判斷，應該是嚴重的心臟栓塞所造成的現象。

工作人員看到我這樣仔細地在打量着屍體，現出好奇的神態，但是他們並沒有發問。就在這時，太平間的門推開，一個警官走了進來。

那警官約莫三十來歲，十分英俊挺拔。我一看到他，就聯想起陶格先生。那警官也可算得是一個歐洲美男子了，但是如果他和陶格先生站在一起，我敢說一百人之中，有一百人的眼光會望向陶格先生，而忽略了他的存在。

跟在那警官後面的，是那個醫生，兩人一面講着話，一面走進來，那醫生向我指了一指，警官向我走來，伸出手來：「你好，你是兩位死者的朋友？」

我只好答應道：「是！」

警官道：「死者還有什麼親人？」

我有點尷尬，說道：「我不知道，我和他們認識的時間不算久。」

我當然沒有告訴他，我和浦安夫婦認識只不過一小時不到！那警官倒沒有再追問下去，只是道：「我叫莫里士，在我們這裏，從來也沒有發生過這樣的事，請你告訴我，應該怎麼辦？」

我道：「我們應該先檢查他們兩人的行李，看看是不是有他們親人的地址，然後通知他們的親人。第二，應該對屍體進行剖驗，查看他們的死因。」

莫里士有點訝異地望着我：「有理由對他們的死因懷疑麼？」

我道：「你不覺得奇怪？夫婦兩人同時心臟病發，而症狀又完全一樣？」

莫里士眨着眼：「夫婦兩人患同一類型的心臟病，也不算是罕有。」

我道：「是的，但請注意，他們同時發作，因而死亡，至少應該考慮他們兩人是由於某種驚嚇而導致病發的。而在法律上，蓄意做出某些動作，而導致心臟病患者突然病發的話，可以當作謀殺論處！」

莫里士警官聽得這樣說，「哈哈」大笑了起來：「先生，你很有趣，你以為是什麼將他們嚇死的？在火車上突然出現了魔鬼？」

我搖了搖頭，並不欣賞他的幽默，只是簡單地道：「我不知道！」

莫里士碰了我一個軟釘子，有點無趣：「好，那我們去看看他們的行李。」

行李，隨着救傷車送到醫院來，這時，放在醫院的一間辦公室中，我們到了醫院的辦公室，莫里士又叫來了另一位警官。他對着那警官道：「我，莫里士督察，現在根據本國刑法給予我的權利，在緊急情況之下，查看私人物件。」

另一個警官表示他可以這樣做，他才打開了那兩隻箱子。這種行事一絲不苟的作風，我最欣賞，所以也不覺得不耐煩。

兩隻旅行箱打開之後，幾乎全是普通的衣物，只在一隻箱子箱蓋上的夾袋中，找到了他們的旅行證件，證件是法國護照，也有他們的地址，是法國中部的一個小鎮。還有另外一些文件，但找不到浦安先生是什麼職業，我想，從浦安先生的年紀來看，他應該已經退休了。

另外有一封信，是寫好了還沒有寄出來的，收信人的姓也是浦安，我猜想那應該是浦安先生的兒子。地址是巴黎，那地址是巴黎還未成名的藝術家聚居區。

莫里士道：「這位大約就是他們的親人了，如果要剖驗屍體的話，應該請他來。」

我道：「當然，我可以請設在巴黎的國際刑警總部的人員，用最快的方法找到他，通知他前來。」

莫里士望着我：「先生，你的職業是……」

我攤了攤手：「我？我沒有職業！我應該到哪裏去打電話？」

莫里士忙道：「請到我的辦公室來！」

我乘坐莫里士的車子，到了他的辦公室，在那裏，我接通了巴黎的電話，隨便找了一位我認識的老朋友，告訴他小浦安的地址，叫他去找，通知他父母出了意外，要他立刻來。

我放下了電話，莫里士對我態度恭敬，送我到一家旅館之中。當晚，我將發生過的事想了一遍，雖然陶格夫婦的行動有點怪異，但是他們決不會是殺人的兇手。令我難解的是，何以浦安夫人在臨死之前，不斷重複地告訴人：「天，他們殺人！他們殺人！」

我想不出究竟來。

第二天下午，莫里士通知我，小浦安來了。

我立刻趕到他的辦公室。小浦安是一個藝術家，頭髮和鬍子糾纏在一起，以致他在講話的時候，全然看不見他的嘴形。不過倒還可以認出他的輪廓，和浦安先生十分相似。

我進入莫里士的辦公室之際，只聽得他在不斷地叫着：「心臟病？笑話，他們兩人，壯健得像牛！」

莫里士道：「很多人有潛伏性、極其危險的心臟病，自己並不知道！」

小浦安道：「醫生也不知道？他們兩人，一個月前才去作過詳細檢查，什麼病也沒有！」

莫里士眨着眼，答不出來，我道：「請問，替他們作檢查的是哪一位醫生？」

小浦安瞪着我：「你是誰？」

我答道：「我是你父母的朋友！」

小浦安一揮手，神情相當不屑：「我從來也未曾聽他們說起有日本朋友。」

我盯着他：「第一，我不是日本人！請問，九年前，他們住在法國南部的時候，你在哪裏？」

有時候，小小的推理很有用處。浦安夫人曾提及，幾年前，她和陶格一家人做過一年鄰居，地點是在法國的南部。如今小浦安的年紀不過二十出頭，那時他應該是一個小孩子，如果他和父母同住，浦安夫人應該提到他和鄰居小孩子之間的關係。

可是浦安夫人卻一字未提，可以推測那時候，小浦安一定不是和父母住在一起。

果然，我這樣一問，小浦安立時瞪大了眼：「我一直住在巴黎，你認識他們這麼久了！」

我含糊地答應了一聲：「在火車上遇到了他們，我的旅行計劃也取消了！」

小浦安又看了我一會，才說道：「醫生是著名的塞格盧克醫生！」

我一聽，立時「哈哈」笑了起來：「原來是他！他那位唱女高音的太太好麼？還有他們的女兒呢？哈哈！」

我在提到「他們的女兒」之時，又笑了起來，小浦安很惱怒：「有什麼好笑！」

我道：「如果你認識這位醫學界的權威，你就會覺得好笑！」

小浦安更惱怒：「我認識，可是不覺得好笑！」

我道：「塞格娶了一位唱女高音的太太，好不容易等到他太太的歌唱興趣減弱了，他的女兒又學起女高音來，所以，在家中，可憐的塞格是長時期戴着耳塞的！」

在一旁的莫里士也忍不住笑了起來，小浦安咕噥着道：「那是他不懂得欣賞歌唱藝術！」

我聽得他這樣講，再溶合他剛才的神態、言語來一推敲，心中已經明白了！塞格醫生並不專門掛牌行醫，他是一家十分有名望的醫院的院長。而浦安夫婦能由他主持來檢查身體，當然有點特別。

我和塞格醫生相識，大約在四五年之前，塞格的女兒那年大約十四歲，如今的年齡，正好和小浦安相襯，而他們又全是藝術家！

我一想到這裏，望着小浦安：「恭喜你，我見到盧克小姐的時候，她已經是一個美人兒了！」

小浦安登時高興了起來：「你認識我的未婚妻？」

我道：「是的，見過很多次。你父母如果一個月前在盧克醫生的主持下檢查過身體，對事情很有幫助，我想我們該到醫院去了！」

莫里士吩咐準備車子，我們一起到了醫院，小浦安簽了剖驗屍體的同意書。可是還不能立刻開始驗屍，因為小鎮上沒有法醫，要等法醫前來，才能開始。

我離開了醫院，小浦安則留在醫院中，陪着他父母的屍體。我已經通知了我在巴黎要見面的朋友，告訴他們我因為一件突發的事件，逗留在荷蘭的一個小鎮上，不能和他們見面。所以我顯得相當空閒，躺一會，出去溜達一會，消磨時間。

第二天，法醫來到，會同醫院的醫生，進行剖驗，一小時之後，就有了結果。

法醫和兩個醫生走出來，法醫向等着結果的小浦安和我道：「左心瓣阻塞，血液不能通到動脈去，因而死亡，這是一種嚴重的先天性心臟病！」

我還沒有出聲，小浦安已經叫了起來，説道：「不可能！不會！」

法醫冷冷地望着他：「年輕人，你對人體的結構，知道多少！」

小浦安大聲道：「知道很多！」他説着，用手指不斷地戳着法醫身體的各部位，同時一連串不停地唸出他所指部分的正確名稱來。一時之間，我幾乎認為他是一個醫生！

可是法醫並沒有給他唬倒，只是冷冷地道：「你是學人體雕塑的吧，我猜你未曾熟悉人體內臟的構造！」

小浦安答不上來，我看出法醫的脾氣不是很好，就很委婉地道：「死者兩夫婦，在一個月之前，才接受過檢查，證明他們健康！」

法醫道：「那麼，替他們檢查的醫生，應該提前退休。」

我道：「這一種心臟病，不可能突發？」

對這個問題，法醫索性不再回答了，逕自走了開去，另一個醫生道：「解剖有攝影圖片，任何醫生一看到圖片，就可以知道他們為什麼死！」

醫生說得如此肯定，我自然也無話可說，莫里士向我作了一個古怪的表情，表示事情到此為止了。

事情到了這一地步，想不罷手也不行！雖然小浦安要回巴黎，可以和我同路，但是我並沒有和他一起走。他要留下來，辦他父母遺體火化事宜，所以我先走一步，離開了那個小鎮。

剖驗的結果是如此肯定，倒使我減少了不少疑心。雖然浦安夫人的話：「他們殺人」，仍然沒有好的解釋，但他們兩人死於心臟病，那毫無疑問了。

到了巴黎，展開我預定的活動，這些活動和這件事一點關係也沒有，所以沒有敘述的必要。

到了第三天早上，一清早，酒店的電話就吵醒了我，我拿起電話來，首先聽到一個女人正在尖叫。

這着實讓我嚇了一跳，但是我立即又聽到一個男人在斥道：「你暫時停一停好不好？我要打電話！」

女人的尖叫聲停止，而我也認出了那男人是盧克醫生的聲音。可想而知，女人的尖叫聲，一定是他的女兒——小浦安的未婚妻正在練唱！

我笑着，叫着他的名字：「怎麼，有什麼急事？為什麼不等到了醫院裏才打電話給我？」

盧克大聲道：「你是怎麼一回事，在巴黎，也不來見我，這算什麼？」

我連忙將電話聽筒拿遠點，因為他叫得實在太大聲了，我道：「請你小聲一點！」

盧克呆了一呆，才抱歉地道：「對不起，我在家裏講話大聲慣了，唉，真會叫人發神經病，你立刻到我的醫院來，我有事要問你！」

我答應了他，放下電話，已經料到他要見我，事情一定和浦安夫婦有關。

半小時之後，我進入了他寬大的院長辦公室，我看到他背負着雙手，在來回踱步，神情極之惱怒。我走過去，拍着他的肩頭：「算了，你的女兒不過是在家中練女高音。我有一個朋友，他的寶貝女兒，是學化工的！」

盧克醫生瞪着眼道：「那又怎麼樣？」

我道：「那又怎麼樣？他被他女兒製造出來的阿摩尼亞氣體弄昏過去三次，又曾中過一次氯氣毒，還有一次，因為不明原因的爆炸而被警局傳訊了七次之多！」

盧克醫生聽得倒吸了一口涼氣，然後，回拍着我的肩：「我應該感到滿足才對！」

我道：「是呀，你叫我來……」

他拍一拍桌上：「你過來看！」

他一面說，一面拉着我來到桌前，將一疊照片放在我的面前。我認不出照片中是什麼東西來，只好用疑惑的眼光望向他。

他道：「這是約瑟帶回來的照片。」

我道：「小浦安？」

他道：「是，那是剖驗浦安夫婦的心臟時，拍下來的照片，照片拍得很好，任何人一看，就可以明白出了什麼毛病致死。」

我點頭道：「那應該就是死因！」

盧克瞪大了眼：「是死因，但不是浦安夫婦的死因！」

我一怔：「是什麼意思？」

盧克道：「我的意思是，他們在解剖的時候，弄錯了屍體，將別人的屍體當作浦安夫婦！」

聽得他這樣說，我真感啼笑皆非！弄錯了屍體？絕無可能。世界上可以肯定的事不多，但絕不會有屍體弄錯的情形發生，可以肯定。

第一，屍體推進去的時候，我看得很清楚，進剖驗室的是浦安夫婦。第二，小鎮的醫院之中，根本沒有第三具屍體。第三，弄錯一具還有可能，兩具屍體一起弄錯，當然不可能。

所以我說道：「絕對不會，那一定是浦安夫婦的屍體解剖結果。」

盧克向我冷笑了一聲，大有不屑與我討論下去的意思。這樣簡單而且可以絕對肯定的一個問題，他竟對我用這種態度，這自然令得我很生氣。我正想給他幾句不客氣的話，他又拿起一個大牛皮紙信封來，用力拋在我的面前：「你再看看這些照片！」

我自牛皮紙袋中，抽出了兩張X光照片來，那是兩張心臟的X光透視圖。

盧克盯着我：「看得懂嗎？」

我有點冒火，放下X光照片，取出了一張照片來，直送到他的面前：「這個，你看得懂嗎？」

盧克瞪大了眼：「這是什麼？」

我「哼」地一聲，說道：「就算我解釋給你聽，你也不懂！那兩張X光片，你一解釋，我就會懂，人各有他的知識，你不必因為有了一點專業知識就盛氣淩人！」

盧克給我講得啞口無言，我收起了給他的照片，那是易卦的排列圖，他當然不懂！

盧克取起了X光片：「這是一個月前，浦安夫婦來作身體檢查時攝下的，你看，他們的心臟一點毛病也沒有，健康得近乎完美！決不可能一個月之後，以先天性的心臟病死亡！除非……」

我心中充滿了疑惑：「除非怎麼樣？」

盧克冷笑了一聲：「除非有人剖開了他們胸膛，截斷了兩根筋骨，再剖開他們的心，又將他們自己的一團肉，塞進了通向大動脈的血管之中！」

我有點發怒：「當然不可能有這樣的事！」

盧克神情洋洋自得：「所以，我說是他們弄錯了屍體。」

我指着那兩張X光片：「為什麼不能是你弄錯了照片？」

盧克道：「決不會！」

我道：「何以這樣肯定？」

盧克道：「每一個人的內臟，形狀都有極小的差異，這是心臟圖，但還是可以看到其他的內臟，和別的照片吻合。」

我想了一會：「或許，所有的照片全弄錯了？」

這位世界聞名的內科醫生，一聽得我這樣說，神情像是酒吧中喝醉了酒的無賴漢，揚起了拳，想要打我。我忙後退了一步，他望了望自己的拳頭，終於放了下來，恨恨地道：「這小子，連他父母是怎樣死的都沒有弄清楚，就將屍體焚化了！」

我沒有說什麼，這其實不能怪小浦安，法醫已經剖驗了屍體，他沒有理由不相信。我把這個意思說了出來，盧克立時吼叫道：「他應該相信我！一個月前，我曾替他父母作檢查，有過肯定的結論！他不等我去複驗，就焚化了屍體，會嚴重影響我名譽！」

我立時想起那法醫曾說及「檢查的那個醫生應該提早退休」的話，忍不住笑了起來。盧克盯着我，我忙道：「如果一個正常人，受了極嚴重的驚嚇，會不會這樣？」

盧克道：「當然不會，正常人最多嚇昏過去，真被嚇死的人，一定早有毛病。而早有毛病，我一定查得出來，不會不知道！」

盧克在這樣說之後，直視着我，等着我再發表意見。我思緒紊亂之極，什麼也說不上來。盧克既然說浦安夫婦沒有理由死於心臟病，我當然不會懷疑。可是同樣我也不能懷疑驗屍的結果，呆了半晌之後，我只有苦笑了一下。

在這次見面之後，在我逗留在巴黎期間，我又曾和盧克見了幾次面，也每次都激烈地討論這個問題，可是每一次都是同樣地沒有結果。

在一開始敘述之際，我曾說過，有兩樁奇怪的事，使我對陶格的一家發生興趣，浦安夫婦的死亡，是兩件事中的第一件。

第二件，和浦安夫婦的死，相隔大約一年光景。

一個朋友，是心理學教授，名字叫周嘉平。有一次，他演講，硬要拉我去聽。我對於心理學家最不感興趣。所有心理學家，都自以為可以認識人的心理、情緒的變化，找出許多似是而非的「理論根據」來自圓其說。反正世界上根本沒有人可以了解他人的心理，心理學家的理論，倒也不易反駁，大家都不懂的事，他大着膽子提出來了，你怎麼駁他？

可是周嘉平是我一位父執的兒子，自小相識，他一連要求了很多次，我也只好勉為其難地去做一次座上客。事實上，我先睡了一個午覺，以免到時打瞌睡，不好意思。

周嘉平演講的題目是：「玩具」。

我早就有了打算，他管他講，我則利用這段時間，來想一點別的事，周嘉平在台上，不會知道。

我打定了主意，根本沒有留意周嘉平在講些什麼。只不過他的聲音十分響亮，有一些話，還是斷斷續續，傳進了我的耳中。

他的演講，大意是說，玩具和人，有着極其密切的關係，任何人，從八十老翁到滿月小孩，都離不開玩具。小孩有小孩的玩具，青年有青年的玩具，成年人有成年人的玩具。

人需要玩具，是為了滿足人類心理上一種特殊的需要。從幾歲小孩子搓泥人，到一群成年人製造登月火箭，心理上的需求一樣。

玩具可以以各種形式出現，甚至於人也可以作為玩具。不少美麗的女人，在有錢人的心目中，她們就是玩具，云云。

等到周嘉平講到這裏之際，傳來了一陣熱烈的掌聲。我知道他的演講已經結束了。我對於他的理論，沒有多大的興趣，既然演講結束，我鼓起掌來，掌聲倒也「不甘後人」。周嘉平在台上鞠躬如也，我站起來，準備離開。可是我才一站起來，周嘉平身邊的一個女助手就指着我道：「現在是發問時間，這位先生是不是有問題？」

我呆了一呆，我根本連演講也沒有用心聽，怎麼會有什麼問題！這情形真是尷尬得很，我只好道：「對不起，我沒有問題！」

我一面說着，一面忙不迭坐了下來。

在我坐下來之後，一個年輕人站了起來：「周先生，照你的説法是，每一個人都需要玩具？」

周嘉平道：「是的，我可以肯定這一點，任何人，在他的一生歷程中，一定有過各種各樣不同的玩具，你見過有什麼人一生中沒有玩具的？」

有十幾個聽眾，聽得周嘉平這樣反問，一起都發出了笑聲來。

可是站着的那年輕人卻大不以為然。「周先生，我是一個玩具推銷員。最近，我曾向一個家庭，推銷玩具，可是這個家庭的成員，對玩具就一點沒有興趣！」

那年輕人説得很認真。可是周嘉平的心中，顯然沒有將對方的問題當作什麼，他笑了起來，道：「那或許是閣下的推銷術不夠高明！」

周嘉平的回答，引起了一陣哄笑聲，發問的那年輕人有點憤怒，我也覺得周嘉平的態度不夠誠懇。在眾人的哄笑聲中，那年輕人大聲道：「周先生，請你正視我的問題，我的意思是，我有親身經歷，可以證明有人……有一家人，對玩具根本沒有興趣，非但沒有興趣，簡直還厭惡和拒絕！」

周嘉平皺了皺眉：「這很不尋常，你可以將詳細的經過説一説？」

那年輕人緩了口氣，神態也不像剛才那樣氣憤了，他道：「我是一個玩具推銷員，推銷一種相當高級的電子玩具，這種玩具的形式很多，包括可以配合電視機遊戲的玩具，會依據電腦組件而作各種不同花式行駛的汽車，會走路的機器人，會……」

周嘉平打斷了他的話頭：「先生，你不必一一介紹你推銷的玩具品種，我知道你是一個玩具推銷員，這已經夠了！」

那年輕人瞪了瞪眼，想說什麼，終於又忍了下來，然後才道：「我所推銷的玩具，體積大的居多，所以，玩具通常都不帶在身上，只是準備一本印刷十分精美的目錄……」

周嘉平又打斷了他的話頭：「先生，你何不將事情簡單化一點？或許還有旁人想發問！」

那年輕人又漲紅了臉，說不下去，我覺得周嘉平的態度很不對，站了起來，大聲道：「周先生，你一直打斷他的話頭，他有什麼辦法敘述下去？」

那年輕人感激地望了我一眼，周嘉平有點無可奈何地道：「好，請你說下去！」

那年輕人有點泄氣：「算了，我一定要詳細敘述才行，不耽擱你的時間了！」

他氣呼呼地坐了下來。周嘉平看樣子一點也不在乎，在台上指着我：「各位，這位是衛斯理先生，我相信大家可能知道他是什麼人！他的一生，有着極多的古怪經歷，但我相信在他古怪的經歷之中，一定也未曾遇到過一個對玩具沒有興趣的人！」

我絕料不到他忽然會來這一手，一時之間，各人的目光向我望來，已經夠令我尷尬的了，而尤其當兩個中年婦女，高聲互相詢問：「衛斯理？衛斯理是什麼人？」「衛斯理？好像是在電視台當配音的？」之際，我便是恨不得衝上台去，狠狠的揍周嘉平一頓！

我立時站了起來，向外走去，一直走出了演講堂，到了走廊之中，才吁了一口氣。就在這時，在我的身後，響起了一個聲音：「衛斯理先生，真想不到，原來是你！」

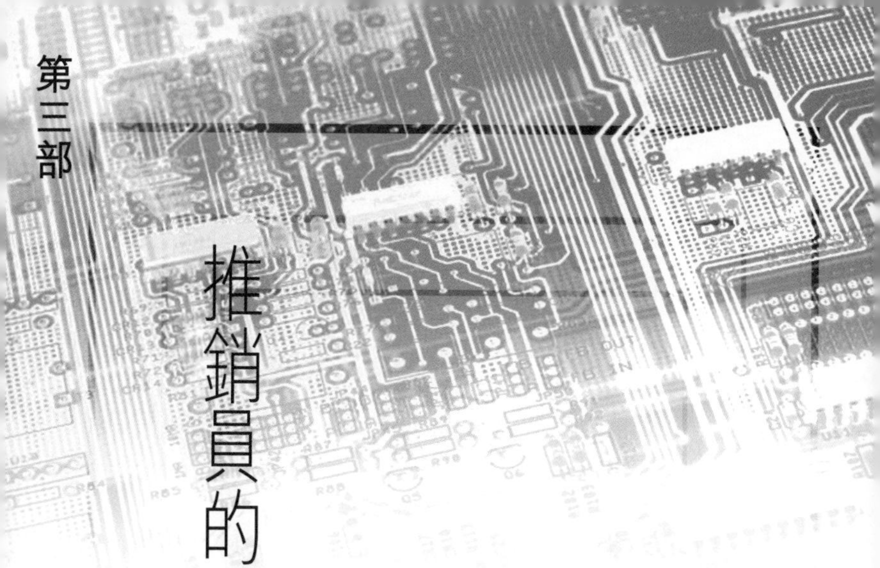

第三部

推銷員的奇遇

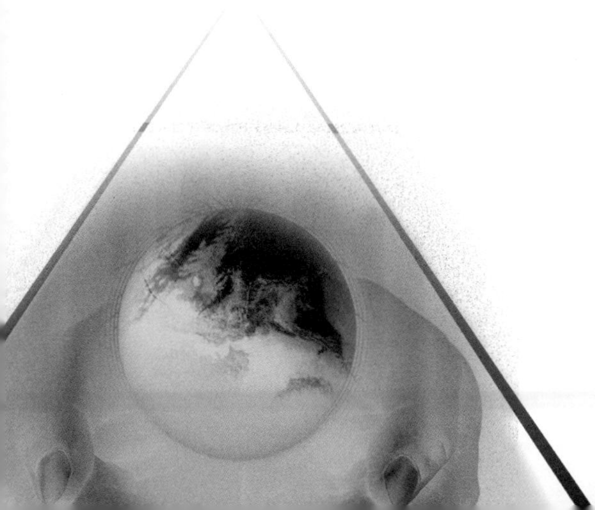

我轉過身去，看到在我身後的，就是剛才問了一半被周嘉平打斷了話頭的那個年輕人，玩具推銷員。

我點了點頭，那年輕人伸出手來：「我叫李持中，衛先生，真的，在你一生遭遇之中，未曾遇到過對玩具厭惡的人？」

我沒好氣地道：「誰會注意這種小問題？我相信除了譁眾取寵的所謂心理學家之外，誰也不會注意這樣的問題。」

李持中想了一想：「我是玩具推銷員，做了三年，很知道一般人對玩具的反應。我推銷玩具的目的，當然是想要人買。可是就算是他們不打算買，也會對玩具感到相當程度的興趣，尤其，我所推銷的玩具，是新奇而變化多端的電子玩具！」

當李持中在身邊説着的時候，我一直在向前走着，已經到了電梯口，他和我一起進了電梯，等他講完，電梯快到樓下了。

我對李持中講的話，也沒有多大的興趣，只是「唔唔」地應着，並沒有表示多大的意見，而且也打算電梯一到，就向他揮手告別。

可是就在電梯到地，門打開，我跨出去，他跟出來之際，他忽然又講了一句：「只有他們這一家，對玩具沒有興趣，那姓陶格的一家人，真是怪得可以！」

我一聽到「姓陶格的一家人」，就陡地一驚。

事實上，我還不是一下子就想起「陶格的一家人」來的。令得我陡地一驚的原因，是我突然記得，「陶格一家人」，和一件懸而未決的事有關，所以我才會震動。但是在接下來不到一秒鐘的時間之內，我已經完全想起「陶格一家人」來！

或許是我在剎那之間，現出了一種十分怪異的神情來，以致李持中奇怪地望着我，我忙拉住了他的手，走開幾步，讓電梯中其餘人可以走出來，然後才問道：「你說的陶格一家人，不是本地人？」

李持中道：「不是，看來，像是北歐人，男的一頭紅髮，英俊得像電影明星——」

我接上去道：「女的一頭金髮，美麗得令人心折！」

李持中連連點頭：「是！是！當她給我開門的時候，我望着她，幾乎講不出話來！」

我吸了一口氣：「還有兩個小孩，一男一女？」

李持中「啊」地一聲：「衛先生，原來你認識他們一家人！」

我道：「不能說是認識，來，我對你向他們推銷玩具的經過感到興趣，你能詳細說給我聽聽？」

我一面說，一面指着前面的咖啡座，李持中很高興，連聲道：「當然可以！」

他和我一起來到咖啡座，坐了下來，我和李持中才一坐下，周嘉平就東張西望地走了過來，一看到我就叫道：「你這人，我正在向公眾介紹你，怎麼你一下子就溜走了？快來！」

他不但叫着，而且動手來拉我，我只好狠狠地道：「對不起，我沒有興趣，以後你如果有什麼演講會，我也決不會再來參加！」

周嘉平又發狠又生氣，我又道：「如果你有時間，可以聽聽李先生的敘述！」

他顯然沒有興趣，搭訕着走了開去。

我和李持中各自要了飲料，我道：「李先生，你可以開始，愈詳細愈好，因為陶格先生這一家人，很有一點令人莫測高深。」

李持中苦笑道：「豈止莫測高深，簡直怪不可言！我做的工作，每天都需要接觸很多人，可是從來也未曾見過這樣的怪人，或者說，從來也未曾見過這樣的怪家庭！」

我略想了一想：「以你看來，他們這一家人，怪在什麼地方呢？」

李持中攤了攤手：「如果我來杜撰名詞，我會說他們一家人，患了『玩具恐懼症』！」

我呆了一呆，一時之間，不明白他這樣說是什麼意思，只是重複了一句：「玩具恐懼症？請你解釋得明白一點。」

李持中道：「那就得從頭說起，大約一個月之前，我到一幢高貴的住宅大廈，去推銷玩具。和所有的推銷員一樣，嚐閉門羹的時候很多，反正已經習慣了，所以也不覺得怎麼樣。那一天的經驗，倒還不錯，我已經賣出了三套定價相當高的電子玩具。或許是這幢大廈的住客經濟條件較佳。我見到陶格夫人的時候，已經準備再售出一套的話，就可以收工了。」

我點着頭：「你怎麼知道他們姓陶格？」

李持中道：「這種高尚的大廈，在門口，都釘着銅牌，刻着主人的姓氏！」

我「啊」地一聲，輕輕在自己的頭上敲了一下，我竟然忽略了這樣簡單的一個事實，要是白素在的話，一定不會多此一問！

我作了一個手勢，示意他繼續講下去。

李持中道：「我按鈴，門打開，推銷員的工作，一看到開了門，立刻就要說話，我也不例外，門一開，我就道：『請允許我——』可是我立時說不下去，開門的是陶格夫人，她完全沒有什麼打扮，可是她那種明艷，真是叫人吃驚。衛先生，我可以以人格保證，我絕對沒有任何邪念。可是她那種美麗，叫人看了之後……」

李持中像是不知該如何說下去才好，我道：「我明白，就像是看到了一件精美之極的藝術品，令人不由自主發出讚歎！」

李持中道：「是的！是的！當時我只是傻瓜一樣地盯着她。陶格夫人像是習慣於接受這種不禮貌的態度，相當友善，一點也沒有責怪我的意思，反倒提醒我道：『我可以給你什麼幫助？』我如夢初醒，忙道：『我是一個推銷員！』」

我道：「是的，陶格先生和夫人，都很有教養！」

李持中悶哼了一聲，我不知道他忽然悶哼是什麼意思，他繼續道：「接着，我又聽到了一個男人的聲音：『親愛的，什麼人？』陶格夫人道：『一位推銷員，看看我們有什麼需要的東西！』她一面回答着，一面又向我道：『請進來！』」

「推銷員受到這樣的待遇是罕有的，我忙向她道謝，走進去，屋內的布置極其精雅，我一進去，就看到了陶格先生和他們的兩個孩子！」

我點頭道：「唐娜和伊凡！」

李持中訝異地道：「你認識他們？」

我道：「別理我，你管你說下去好了！」

李持中看了我一會，又道：「他們一家人的印象是極其融洽的一個高尚家庭，陶格先生叫我坐，又斟了一杯酒給我，那使我感激莫名。可是，我才開口說了一句話，一切全變了！」

李持中講到這裏，現出了一種極怪異的神情。我忙道：「你講了一句什麼話？」

李持中苦笑了一下：「那時，我將我的公事包放在膝上，打開給陶格先生看，他的妻子站在陶格先生的沙發後面，兩個孩子在我的前面，很有興趣地注視着我。我心中在想，這單生意是一定可以成功的了！我一面取出了目錄來，一面道：『希望你們對我列舉的一些新奇玩具，感到興趣！』」

李持中說到這裏，望定了我！

我道：「請你繼續說下去，你究竟說了些什麼，才使得『一切都變了』。」

李持中道：「就是這一句！」

我呆了一呆，道：「這一句？希望他們對你推銷的新奇玩具，感到興趣？」

李持中道：「是的！」

我吸了一口氣，一時之間，不怎麼明白他這樣講究竟是什麼意思，我又問道：「所謂一切全變了，是怎麼樣的一種變化呢？」

李持中道：「我說了這一句話之後，向陶格先生望去，在那一剎間，我已經覺得事情不對頭，友善氣氛一掃而空，陶格先生面色鐵青，霍地站了起來，陶格夫人的臉色變得煞白，而兩個孩子則發出了驚叫聲，一起向他們的父母身後躲去，我當時真是莫名其妙到了極點，實在不知自己做錯了什麼。而看他們的樣子，不但驚恐，而且還帶着極度的恐懼！

「我們這樣僵持着，大約相持了半分鐘，雙方都不知道該怎樣才好，然後，陶格先生才低聲喝道：『出去！請你出去！』我定了定神：『先生，我不明白，為什麼我才一提出……』不等我講完，陶格夫人也尖聲叫了起來：『走！求求你，快走！』

「在這樣的情形下，我沒有法子不走，我站了起來，走回門口。一直到我來到門口，我仍然不知道自己做錯了什麼，不知道何以突然之間，事情會發生這樣的變化。但以我做推銷員的經驗來說，事情忽然壞到了這一地步，當然是我做錯了什麼，所以當我來到門口之際，我想補救一下。

「我已經拉開了門，準備出去，但是我在這時轉過身來。我一轉身來，看到他們一家人，包括兩個小孩在內，以充滿了敵意的眼光望定了我。衛先生，他們一家人的外貌，如此得人喜愛，當他們充滿敵意的時候，那是很怪異的一種現象！」

我設想着當時的情形，想像着陶格一家人的外貌和他們有敵意的神情，我同意李持中的説法。

李持中續道：「我轉過身來之後：『各位，你們不想購買我推銷的玩具，那不要緊，我不介意。我有一點小小的禮物，送給你們！』

「我一面說，一面取出了一隻小紙盒來，打開，在小紙盒中，取出了一個只有約莫五公分的小機械人，那是一種新出品，雖然小，可是一樣有電子線路，用一個小電池，接通電流之後，這個小玩具，會做出相當多可笑的動作來。

「我取出了這個小玩具後，放在門口的一張几上，按下掣，讓這個小人在几上跳着，說道：『這是我的禮物……』我的話才說到一半，更意想不到的事發生了！」

李持中講到這裏，略頓了一頓，現出極其怪異的神情。

我忙道：「發生了什麼事？」

李持中吞了一口口水，神情仍是那麼怪異，我一時之間，也想不出會有什麼怪異的事發生，李持中可沒有做錯什麼事！

過了好一會，李持中才道：「我這件小玩具，講明送給他們的，那是我的一番好意，可是當那個小人一放在几上之後，那兩個孩子，首先陡地哭了起來。兩個孩子顯然因為驚恐而哭，孩子一哭，陶格夫人立時將他們緊緊摟在懷中，身子在發着抖，臉上現出了驚恐莫名的神色，向後不斷退着。陶格先生則發出一聲又驚又怒的吼叫聲：『拿走，快將這東西拿走！』這時，我真的呆住了，我立刻想到，這一家人的精神狀態，可能十分不正常，我也感到害怕。我忙道：『好，拿走，我將它拿走！』

「我一面說，一面取起了那個小人，退了出去，我才退出，門就在我的面前，用力關上，陶格先生衝了過來，將門關上！」

李持中講到了這裏，又向我望來。

我只感到莫名其妙。

李持中所說如果屬實——他沒有理由向我說謊——那麼，他根本沒有做錯什麼事！而陶格先生的一家，忽然之間會有這樣的反應，異乎尋常。

李持中道：「衛先生，所以，我說這一家人，對玩具有驚懼症，並不是每一個人都要玩具的，至少陶格一家人就不要！」

我不禁苦笑了起來。「玩具驚懼症」，我相信沒有一個心理學家，聽過這樣一個名詞。事實上是不是會有人有這種症狀，也很成問題！

可是就李持中的敘述來看，陶格一家人，很不正常。

同時，我也想起將近一年之前，在火車上和他們相遇的情形。當時，列車在一個小鎮上緊急停車，他們一家就趁機下車，我想去追他們而沒有結果，想不到，他們竟到東方來了。

如果他們是歐洲人的話，他們到東方來幹什麼？

有了上一樁的奇遇，再加上李持中的敘述，本來已足以使我對陶格一家人感到興趣，但還不足以使我去調查他們。使得我這樣做，是我和李持中相會之後第三天的一件意外。

當天，李持中向我講完了之後，我們討論了一下，也交換了一下意見，不得要領，李持中又道：「我一定要再去拜訪他們！」

我道：「為了什麼？」

李持中道：「我從事玩具業，如果人人都像他們一樣，我要餓死了！」

我笑了起來：「算了吧，這樣的人究竟很少！」

李持中當時也笑着，我們就這樣分了手。回到家裏，我立即將事情向白素說了一遍。

白素曾聽我說過在列車上的事，她聽了之後，也很有興趣：「這一家人，看起來真有點怪！」

我道：「是啊，什麼時候，我和你也扮成推銷員，向他們推銷玩具，看看他們那種奇特的反應！」

白素大不以為然地望着我：「你這人，人家既然驚懼，當然有他們的原因，你為什麼要去加深人家的痛苦？別多管閒事了！」

事情一直發展到那時為止，對我來說，那真是「閒事」，可以說和我一點關係也沒有。

可是在三天之後，對我來說，就已經不是「閒事」！

三天之後，我由於事情忙，已經不再記得李持中和他所說的事了。

就在那一天晚上，電話鈴響，我拿起電話來，是警方特別工作組，傑克上校的電話。

傑克上校和我不是十分友善，兩人曾發生過無數次的大小衝突，所以接到他打來的電話，我十分意外。傑克上校一聽到我的聲音，就道：「衛斯理，快到第三醫院急症室去！」

我一呆：「幹什麼？」

傑克上校的吼叫聲已在電話中傳了過來：「叫你去，你就去！」

我有點冒火：「問一問也不行？」

傑克大喝一聲：「廢話！」

他在罵了我一聲之後，竟然立即掛斷了電話。本來，傑克這樣的態度，我是司空見慣的，我也自有應付的方法。可是這次，我立時覺得，事情有點怪。傑克叫我到一家醫院的急症室，不等我問什麼，就掛斷了電話，這說明了在他的心中，事情和他毫無關係，而和我有關！

我不知道急症室和我有什麼關係，但是我還是非去一次看看不可！白素不在家，我以最快的速度離開，駕車直驅醫院。

到我急步走進急症室之際，我看到一個警官，向我迎面走來，一見我就道：「希望你來得及時。」

我苦笑道：「究竟發生了什麼事？」

那警官道：「有一個人從他住所跳了下來，傷得極重，他說要見你，恰好上校在，就打了電話通知你！」

我實在有點啼笑皆非，這算是什麼事？跳樓的人要見我幹什麼？

我正在想着，警官已帶着我，來到了急救室外，恰好兩個醫生走了出來，一看到警官，就搖着頭。警方忙道：「不行了？」

醫生說道：「至多還有幾分鐘，」他指着我：「這就是傷者要見的人？」

警方點着頭，拉開了急救室的門，讓我進去。直到我跨進急救室之際，我還不知道那個「跳樓者」是什麼人，但當我一跨進去之後，我呆住了！

那是李持中！

一點也不錯，就是那個李持中，玩具推銷員！

他的情形看來極度不妙，已經在死亡的邊緣，我忙來到病牀前，真懷疑他是不是還看得到我，我俯下身，大聲叫道：「我來了！我是衛斯理，你有什麼話對我說？」

李持中震動了一下，吃力地轉過頭來，目光散亂，向我望來。我忙將耳朵向他的口湊過去，聽他想說些什麼。他重複說了兩遍，是同一句話。實實在在，李持中說了些什麼，我沒有聽清楚。

因為他的聲音太微弱，太震顫了。可是，我卻知道他在對我說什麼。我聽不清他的話，而仍然知道他在對我說什麼，是因為以前，也是一個垂死的人，向我說過同樣的話！雖然兩者使用的是不同語音，但是我可以肯定，李持中所要說的，也就是那句話。

李持中說的，正是一年前，浦安夫人臨死時所說的那一句：「他們殺人！」

我忙問道：「他們，他們是誰？」

李持中的口唇劇烈地發着抖，我在等他再吐出一點聲音來。可是在他的喉際，發出「格」的一聲之後，一切全靜止了。

我後退了一步，望着已經停止了呼吸的李持中，心中一片煩亂，實在不知道該想些什麼才好。

李持中的臉色，呈現着一種可怕的青藍色，那和浦安夫婦臨死時的情形相同。可是我接到的通知，卻說他是「跳樓」而受傷。奇怪的是，他的身上，看來並沒有什麼顯著的傷痕。

在我發愣之際，一個職員已走了過來，拉起了白牀單，將李持中的臉蓋上。

在那一剎間，我突然想到了一點！李持中的死，是不是和陶格一家有關？

我想到這一點，實在一點根據都沒有。我只是想到，浦安夫婦莫名其妙地死了，他們死前，曾經見過陶格的兩個孩子。而李持中也莫名其妙地死了，李持中曾經向陶格一家推銷玩具。

我想作進一步的推測，可是卻沒有任何證據和論點，可以支持我進一步想像陶格一家和先後三個人的死亡有關！

我心中暗自歎了一口氣，也就在這時，一個警官走了過來，說道：「衛先生，傑克上校在等你！」

我「哦」地一聲，李持中「跳樓」，傑克上校來通知我。傑克這個人，雖然比一頭驢子還固執，比一隻老鼠還討厭，比一頭袋鼠更令人不安，但是他是一個極出色的警務人員，這不能否認。

或許，他對於李持中的死，有一定的發現，去聽聽他說些什麼，也是好的。

我點着頭：「好，他在哪裏？」

那警官道：「上校在傷者——不，在死者的住所等你，他吩咐過，你一和傷者見面之後，他就要見你！」

我又答應了一聲：「上校知道傷者已經變成了死者？」

那警官道：「知道，我才通知了他！」

我跟着那警官向外走去，在臨出病房之際，我又向已被白布覆蓋着的李持中望了一眼，想起他向陶格一家推銷玩具的經過，感到李持中的死極其神秘。

懷着滿腦袋疑惑，由那警官陪着，帶我去見傑克上校。

大約二十分鐘後，車子轉上了一條斜路。有着一列舊式樓宇。樓宇全是四層高，外觀十分殘舊，車子駛上斜路之後，在其中一幢的門口停了下來。

我留意到，在門口，已經有一輛警車停着。我才一下車，就聽到了傑克的聲音，他在叫道：「臨死的人要見你，你可以改行去當神父了！」

我不去和他計較，只是道：「可惜他傷得太重，只對我說了一句話，他是從哪裏跳下來的？其實，我應該問，他是從哪裏被推下來的？因為他臨死之前告訴我一句話：『他們殺人』。」

我一面說，一面抬頭向上望去，樓宇雖然只有四層高，但自屋頂到地面，也足有十五公尺，若是跌下來，自然傷重致死！

誰知道我的話才說出口，傑克上校就「哈哈」大笑了起來。

我實在想不出他為什麼發笑，但是他卻一點也不是做作，而真是在十分高興地笑着，我和傑克上校認識很久了，極了解他。一看到他高興成這樣，我就知道自己一定做了一些什麼蠢事，或是說了一些什麼蠢話。

傑克道：「你剛才說什麼？有人謀殺李持中？如果我要謀殺一個人，就決不會將他自他住所的窗口之中推出來！」

我陡地一愣，道：「你說什麼？」

我在疾問了一聲之後，立時又道：「他……他是自這個窗口跳下來的？」

我一面說，一面指着那個窗口。那窗口，離地只不過一公尺多一點，就算是被人推出來，也不會跌死。我一直以為李持中從很高的高處跌下來，因為我接到的通知是「有人跳樓」，「傷得很重」！再也想不到，李持中會在離地只不過一公尺的窗口跳下來！難怪我在醫院看到他的時候，他身上沒有什麼顯著的傷痕。

這樣說來，李持中的死，另有原因？他的臉色呈現那種可怕的青藍色，難道他也是「心臟病猝發」？剎那之間，我的心中亂到了極點，也無暇去理會傑克一臉揶揄的神情了。

我舒了一口氣，勉力鎮定心神。「在這樣的高度跌下來，跌不死的！」

傑克「咦」地一聲：「原來你也明白這一點，可是你剛才還說，他是被人謀殺的，照你的推論，兇手將他從窗口推下來的！」

我忍住了氣：「我弄錯了，可是，他仍然被謀殺！他臨死之前要見我，就是為了講這句話，告訴我，有人殺人！」

傑克又哈哈大笑起來：「我發現你的腦袋，愈來愈退化了！讓我告訴你現場的情形！」

我隨着他向前走去，走上了大約七八級樓梯，是面對着的兩扇大門，是兩個住宅單位。李持中在向左的那一個單位中，我發現這個單位的大門，被人硬撬開來。

傑克指着被撬開的門：「看到沒有，門，本來反鎖着，我們接到報告之後，來到現場，用了不少工夫，才將門打開來！」

我冷冷地道：「一道反鎖的門，並不足以證明案子中沒有兇手！」傑克瞪大了眼望着我，我不等他開口，立時道：「很簡單，死者的屍體可以由窗口跌出來，兇手自然也可以跳窗逃走！」

傑克迅速地眨着眼，沒有再說什麼，我們先後走了進去，一進門是一個廳堂，陳設相當簡單，很特別的是正中是一張相當大的設計桌，而且，幾乎每一角落，都放滿了各種各樣的玩具。

在設計桌上，鋪着一些玩具的設計圖，可知李持中不但是玩具推銷員，而且在空暇的時間，也在嘗試從事玩具的設計。

我看到廳堂之中的傢俬，有點凌亂，有一疊捲在一起的設計圖，也跌到了地上，而且有過明顯地被人踐踏過的痕迹。

我說道：「嗯，曾經經過打鬥！」

傑克一翻眼：「這是最草率的說法！」

我真正有點冒火：「那麼，請問認真的說法是什麼？是不是有人跳過新潮舞？」

傑克傲然說道：「不是，有人在突然之間，作過一些不規則的行動，例如忽然感到頭暈，曾經跌過一交，又掙扎站起來之類。」

我不出聲，向前看去，廳堂有幾扇門，有的通向廚房、浴室，有的通向臥室。傑克道：「他跳出去的窗子，在臥室中！」

我和他一起向臥室走去，臥室並不大，除了各種各樣的玩具之外，也幾乎沒有什麼別的裝飾，有一張牀，牀就放在窗前。

臥房之中，也和廳堂中的情形一樣的，有程度不是太嚴重的凌亂。

我一進來，一看到那張牀放的位置，就「啊」地一聲：「人要從窗子跳下去，一定得站上牀才行！」

傑克拍了兩下手：「了不起的發現！」

我望向牀頭櫃，有一盞燈，還有一個只有十公分高的「機械人」。我想到那種小機械人，一定就是李持中在拜訪陶格一家，離去時作為贈品的那種，照他的敘述來説，這種小玩意曾引起陶格一家極大的恐懼！

我一面看，一面向牀走過去，來到了牀邊，我才陡地吸了一口氣。牀上，有着清清楚楚的兩個腳印，只有兩個。牀上本來鋪着被子，所以腳印留在被上，相當清楚，兩個腳印，全是腳尖向着窗子。

從這兩個腳印來看，顯然只有一個人踏上了牀，然後向窗口跳出去！

傑克看到我留意牀上的腳印，更是一副洋洋自得之色：「現在，你還堅持有兇手？」

我冷笑了一下：「上校，這裏有兩個腳印，表示只有一個人踏上牀，跳出窗去！」

傑克道：「原來你也明白！」

我立時又道：「可是這卻不能證明什麼。腳印留在柔軟的被子上，只要輕輕一拍，就可以令之消失，也可以輕而易舉，另外印兩個上去！」

傑克陡地一愣，但是他隨即搖着頭：「我明白你的意思，你是說，有人推了死者下去，然後，他再布置了這樣的兩個腳印。」

我道：「我只是指出有這樣的可能！」

傑克道：「將人從這樣高度的窗口推出去，殺不了人！」

我點頭道：「那麼，死者為什麼要跳出窗去呢？」

傑克揮着手：「我的推斷是，死者在突然之間，感到了一種從未有過的痛苦，痛苦是在廳堂發作的，發作之後，他從廳堂奔進了房間，一時之間，不知所措，所以就打開窗子，跳了出去！」

我有點啼笑皆非：「我不知道你企圖說明什麼！」

傑克道：「太簡單了！死者，我想是忽然心臟病發作，而他一直不知道自己有病，所以才會不知所措，做出一點莫名其妙的動作。他不是跌死，是因為心臟病而死，我肯定驗屍結果，能證明我的推斷完全正確！」

在傑克上校提及「心臟病發作」之際，我的心中，亂到了極點。以致他所說的話，我沒有十分聽清楚，只是站着發怔。

我看到窗上，本來是裝着鐵枝的，有一半，被扯落了下來，歪在一邊。我指着那歪落的鐵枝：「這……照你看，又是怎麼一回事？一個心臟病發作的人，會有那麼大的氣力，扯下裝在窗上的防盜鐵枝？」

傑克道：「或許鐵枝本來就不是十分堅固，我已經命人搜集了鐵枝上的指紋，很快就可以證明，是不是另外有人碰過鐵枝。」

我的思緒極亂，一時之間，實在不知道說什麼才好，我只是疑惑。在以往，我遇到過許多值得疑惑的事，可是至少，我都知道我為什麼要疑惑。但此際，我卻實實在在，不知道自己為什麼！看來，根本沒有什麼可以起疑的，但是我卻像是處身於一個千層萬層的謎團中心！

也就在這時，突然，就在我的身邊，響起了「格」地一下響，接着，又是一連串「拍拍」聲。我正在神思恍惚，忽然之間，離我如此近，有這樣意料不到的聲音傳出來，着實令我嚇了一大跳，不由自主，後退一步。

在我後退之際，我聽到了傑克上校的「哈哈」大笑聲，他接着道：「衛斯理，你什麼時候變得這樣膽小了？一個小玩具，也將你嚇了一大跳！」

這時，那種「拍拍」聲還在持續着，來自牀頭櫃上，我循聲看去，自己也不禁覺得好笑。原來那聲響，就是在牀頭櫃上的那個小機械人發出來的。這時，那小機械人正在舞着雙手，轉動着它的頭，發出持續不斷的聲響來，樣子十分發噱。

我苦笑着，拿起了這個小機械人來，按下了一個掣，令它停止動作。

傑克道：「很有趣的小玩具！設計、製造這玩具的人，只怕做夢也想不到，它會令幾乎無所不能的衛斯理嚇上一大跳！」

我搖頭，無意和他再爭論下去：「我從來也不以為自己無所不能。我看也不能給你什麼幫助，死者臨死之前告訴我的話，只有一句，也向你作了轉達，告辭了！」

傑克上校一點也沒有挽留我的意思，作了一個手勢：「請！」

由於我心中的疑團太甚，我也不生氣，走出屋子，有一股頭暈目眩之感。

第四部

沒有來歷的怪人

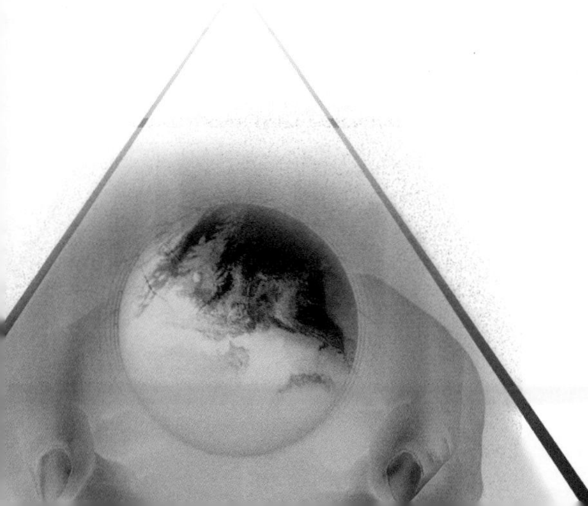

我回家，白素看出我心神恍惚。她先斟了一杯酒給我，等我一口喝乾了酒，她才問我：「怎麼啦？」

我深深地吸了一口氣：「一件怪得不能再怪的事！」

白素「嗯」地一聲：「怪在什麼地方？」

我苦笑了一下：「怪在這件事，實在一點也不怪！」

白素睜大着眼望着我，一副不明白的神情，我也知道自己的話，乍一聽來，不容易使人明白，可是實際情形，又的確如是。

我解釋道：「整件事，在表面上看來，一點也不值得疑惑——」

我將李持中的死，和我在他屋子中看到的情形，向她講述了一遍。

白素道：「我想，李持中的死因，傑克一定會告訴你！」

我伸手在自己的臉上用力撫了一下：「那當然，他不會放過可以取笑我的機會。」

白素攤了攤手：「我不知道你懷疑什麼？」

我脫口而出：「我懷疑陶格的一家人！」

白素一聽得我這樣說，神情極其驚訝：「為什麼？他們有什麼值得懷疑之處？」

我苦笑道：「問題就在這裏，我不知道他們有何可疑，但是，三個人死了，這三個死者，事先都曾和陶格的一家，有過接觸。」

白素搖頭道：「那只不過是偶然的情形。」

我沒有再說什麼，只是坐着發怔。

當晚，傑克上校的電話來了，他在電話中大聲道：「衛斯理，驗屍的結果，李持中死於心臟病，先天性的心臟缺陷！」

我沒有出聲，傑克繼續道：「還有，鐵枝上的指紋化驗結果也有了！」

我道：「當然，只有李持中一個人的指紋！」

傑克「呵呵」笑着：「你也不是完全一無所知，給你猜對了！」

我只好說道：「謝謝你通知我。」

傑克上校掛斷了電話。

第二樁事的整個經過，就是這樣。

我在一開始就說「兩樁相當古怪的事」，這兩樁事，除了用「相當古怪」來形容之外，我想不出還有什麼適當的形容詞。

兩樁事的古怪處，是三個決不應該有心臟病的人，忽然因為同樣的心臟病症而死亡。浦安夫婦原來沒有心臟病，已有盧克醫生加以證明，而李持中，他是一個體格十分強健的青年人，也決不會有先天性嚴重心臟病！

而且，另有一件古怪處，是他們在臨死之前，都說同樣的話：「他們殺人！」

「他們殺人！」那是什麼意思，我想來想去不明白。為什麼死者不說「有人殺我」，也不說「他們殺我」，更不說出兇手的名字來，而只說「他們」？不論說法如何，在三個人死亡事件中，一定有人在殺人，這一點應該可以肯定。

殺人者是什麼人？在哪裏？殺人的方法是什麼？殺人的動機何在？等等，等等，想下去，還是和開始時候的一樣，處身於千層萬層的謎團中心！一點頭緒也沒有！

兩樁古怪的事，憑思索，我花了將近十天的時間，作了種種假設，我覺得，應該採取一點行動：去見見陶格一家人。

當我決定要去見他們的時候，還是說不上為什麼要去，也沒有預期會有什麼收穫。苦苦思索了好多天，毫無突破，似乎沒有什麼別的方法。

我選擇了黃昏時分。

陶格先生所住的那幢大廈，是一幢十分著名的高級住宅，要找，並不困難。我也想好了藉口，和他們見面，不應有什麼困難。

太陽才下山不久，我已經來到了那幢大廈的門口，推開巨大的玻璃門進去，兩個穿着制服的管理員，向我望了過來。大約是由於我的衣著不錯，所以他們十分客氣。我道：「我來見陶格先生！」

一個管理員忙道：「陶格先生，在十一樓，請上去。」

我走進電梯，將我的藉口，又想了一遍，覺得沒有什麼破綻。電梯到達十一樓，我來到了陶格先生住所的門口，按了鈴。

按了門鈴之後不久，門就打了開來，我看到開門的是陶格夫人。她只不過穿着極普通的家居服裝，可是她的美麗，還是令人目眩。

她打開門來之後，向我望了一眼，現出奇怪的神色來，用極動聽的聲音問道：「我能幫你什麼？」

我裝出十分驚訝的神情來，「啊」地一聲：「我們好像見過，見過……」

我一面說，一面用手敲着自己的頭，又裝出陡然省起的樣子：「對了，在列車上！在歐洲列車上，一年之前，我們見過！你有兩個可愛的孩子。是不是？這真太巧！」

這一番對話，全是我早就想好了的，我一口氣說了出來，令對方沒有插嘴的餘地。

陶格夫人微笑地道：「是麼？我倒沒有什麼印象了！」

我道：「一定是，很少有像你這樣的美人，和那麼可愛的孩子。大約一年之前，你們是在歐洲旅行？」

陶格夫人仍然帶着極美麗的微笑，說道：「是的，請問先生你……」

我報了姓名，取出了預先印好的一張名片來，遞給了陶格夫人。在那張名片上，我的銜頭是一間保險公司的營業代表。我道：「我們的保險公司，承保這幢大廈，我有責任訪問大廈的每一個住戶，聽取他們的一點意見。我可以進來麼？」

陶格夫人略為猶豫了一下，將門打開，讓我走進去。我走進了客廳，看到陶格先生走了出來，陶格先生見了我，略為驚了一驚。陶格夫人走到他面前，將我的名片給他看，陶格先生向我作了一個手勢：「請坐，請問你需要知道什麼？」

我坐了下來，陶格先生坐在我的對面，我打量着他，看他的樣子，和去年在火車上遇到他時，簡直完全一樣。我又道：「陶格先生，我們在大約一年前曾經見過面，你還記得麼？兩個孩子可好？」

陶格先生的態度，和他妻子一樣冷淡：「是麼？請問你想知道什麼？」

我道：「我想知道閣下對大廈管理的一些意見！」

陶格先生道：「我沒有什麼意見，一切都很好！」

我還想說什麼，可是陶格先生已經站了起來。這不禁令我十分尷尬。因為就通常的情形而論，在主人站起來之後，我也非告辭不可。但是我根本一無所得，所以我雖然也跟着站了起來，但是我卻不肯就此離去。

我道：「陶格先生，你還記得浦安夫婦麼？在法國南部，他說和你們做過鄰居！」

陶格先生略愣了一愣，向在一旁的陶格夫人道：「親愛的，我們在法國南部住過？」

陶格夫人立時搖頭道：「沒有，我們也不認識什麼浦安夫婦！」

我搖着頭：「奇怪，他們堅稱認識你們，而且，還叫得出你們兩個孩子的名字，唐娜和伊凡！」

陶格先生的神情像是極不耐煩：「先生，你要是沒有別的事……」

我忙道：「沒有什麼事，不過，浦安夫婦他們死了！」

我之所以這樣說，是想看看他們兩人的反應。但是事先，我也決料不到他們兩人的反應，竟會如此之強烈！我的話才一出口，他們夫婦兩人，神情駭然之極，陶格夫人不由自主，撲向她的丈夫，陶格先生立時擁住了她。

這實在出乎我意料之外，因為當時浦安夫婦出事之際，火車在荷蘭的一個小鎮緊急停車，幾乎全列車上的人都知道發生了什麼事。而且，我還親眼看到陶格一家，在這個小鎮上下了車！他們絕對應該知道浦安夫婦出了事。我推斷浦安夫婦的死，可能還和他們極有關聯！

可是這時，他們兩人，一聽到浦安夫婦的死訊，卻如此驚駭，他們這種驚駭，又不像是裝出來的，這真使我莫名奇妙。看到這樣情形，我不知如何才好。陶格先生一面擁着他美麗的妻子，一面望着我。他是一個美男子，可是這時候，臉色灰白，沒有一點軒昂勇敢的氣概，以致他的神情，和他的外形，看來十分不相襯。

一個像陶格先生這樣外形的人，如果不是他的心中感到真正極度恐懼，不會有這樣情形出現。而這更使我大惑不解：他在害怕什麼呢？

過了足有一分鐘之久，才聽得陶格夫人喘着氣：「他……他們是什麼時候死的？」

我道：「就在那個小鎮的醫院中，他們被送到醫院不久，就死了！」

他們兩人一起吞嚥了一口口水，陶格先生又問道：「是……是因為什麼而死的？」

我道：「這件事很怪，醫院方面剖驗的結果，是心臟病猝發——一種嚴重的先天性心臟病，但是實際上……」

我才講到這裏，還未及進一步解釋，就看到他們兩人在驚懼之中，互相交換了一下眼色。

從他們這個動作之中，我幾乎可以肯定，他們兩人一聽得浦安夫婦是由於心臟病而死，心中便有了某種默契。我當然不肯放過這個機會，忙道：「對於他們的死，你們有什麼意見？」

陶格先生忙道：「沒有什麼意見，我們怎會有什麼意見，當然沒有！」

他一連三句話否認，這種否認的伎倆，當然十分拙劣，我可以肯定，他想在掩飾什麼。

我立時冷冷地道：「在我看來，你們好像有點關聯，在我跟救傷車到醫院去的途中，曾看到你們也下了列車，正搭上一輛街車……」

陶格夫人不等我講完，就發出了一下驚呼聲，陶格先生的神情也驚怒交集：「先生，你這樣說，是什麼意思？」

我呆了一呆。我這樣說是什麼意思，連我自己也說不上來。因為到目前為止，還沒有任何事實證據，可以將浦安夫婦的死和陶格一家聯繫起來！

但是我卻看到他們內心的極度驚懼，我希望他們在這樣的心理狀態之中，可以給我問出一點事實的真相，是以我立時道：「那很奇怪，是不是？列車本來不停那個小鎮。可是浦安夫婦一出事，你們就急急忙忙離開，為了什麼？」

陶格先生道：「不必對你解釋！」

他一面說，一面向我走過來，神情已經很不客氣，同時，他向他的妻子作了一個手勢，陶格夫人連忙走過去，將門打開。

他們的用意再明顯也沒有，下逐客令了。

我當然不肯就此離去，因為心中的謎團，非但沒有任何解釋，反倒增加了許多。我站着不動：「有一個不久以前，向你們推銷過玩具的年輕人，前幾天忽然間也死了！」

我明知這句話一出口，他們一定會更吃驚，這一點，果然給我料中了。他們兩人的臉，一下子變得煞白。也就在這時，臥室的門打開，一男一女兩個孩子，奔了出來，他們一面奔出來，一面道：「什麼事？媽，什麼事？」

兩個孩子奔到了陶格夫人的面前，抱住了他們的母親，對於這兩個孩子，我當然不陌生，他們的樣子是那樣可愛，他們是唐娜和伊凡。他們的樣子，和一年之前我在火車上遇到他們的時候，完全一樣。

陶格夫人連忙道：「沒有什麼！」

她一面安慰着孩子，一面向我望來，神情又是震驚，又是哀求：「先生，請你離去，請你離去！」

對於陶格夫人的要求，實在難以拒絕，因為她的聲調和神情，全是那麼動人。我苦笑了一下：「我……我其實並不是什麼調查員，我看你們像是有某種困難，如果開誠布公，或者我可以幫忙！」

我忽然間對他們講了實話，是由於這一家人的樣貌，全這樣討人喜歡，而且他們的驚懼和惶急，又不是假裝出來的，一切全使人同情他們。而我也看出他們一定是對某些事有着難言之隱，我心中也真的這樣想：如果他們有不可解決的困難的話，我就真願意盡我的所有力量，去幫助他們。

我的話一出口，陶格先生和他的妻子，又交換了一個眼色。陶格先生來到了我的身前：「謝謝你，是不是可以先給我們靜一靜？」

我道：「可以，我留下電話號碼，明天，或者今晚稍後時間，你們都可以打電話給我！」

陶格先生連聲答應。我看出他們似乎是想私下商量一下，再作決定。陶格先生有點急不及待地送我出門，將門關上。

我在他們住所的門外，又呆了片刻，心中在想：這一家人，究竟有什麼秘密？

他們的秘密，和浦安夫婦的死，和李持中的死，是不是有關係？

這時，我才想起，自己並未曾十分留意他們家中的情形，也沒有注意到他們一家人，是不是對玩具有着恐懼感。當然這時，我不好意思再進去查究一番，我想，他們如果真有困難，一定會打電話給我。

所以，在門口停留了一下之後，我就走進了電梯，離開了那幢大廈。

我回到家裏，看到白素留下的一張字條，她臨時決定去一個音樂會。我一個人，將和陶格夫婦見面的經過，又想了一遍，不禁苦笑，因為我非但一點收穫也沒有，反倒又增加了若干疑團，例如何以他們不知道浦安夫婦已死，何以他們聽到了死訊，就害怕到如此程度，等等。

我在等着他們打電話來，可是卻一直沒有信息。

午夜時分，白素回來，一看到我，就道：「一點成績都沒有？」

我道：「相反，很有成績。我至少可以肯定，陶格的一家，有某種秘密！」

白素道：「什麼秘密？」

我搖頭道：「我還沒有頭緒，可是他們……」我將和陶格一家見面的情形，他們聽了我的話之後的反應，向白素講了一遍。

白素搖着頭：「你怎麼就這樣走了？」

我道：「我總不能賴在人家家裏，而且，他們會打電話給我！」

白素歎了一聲：「過分的自信最誤事，我敢和你打賭，這時候，你已經找不到他們了！」

我陡地一震，白素的話提醒了我，他們當時，急於要我離去，神態十分可疑。如果他們真有什麼秘密，而又不想被人知道，那麼，這時——我看了看鐘，我離開他們，足足有五小時了！

我想到這時，陡地跳了起來。

白素道：「你上哪裏去？」

我一面向外奔，一面道：「去找他們！」

白素道：「別白費心機了，從你離開到現在，已有好幾個小時，他們要走，早已在千哩之外了！」

我吸了一口氣：「至少，我可以知道他們的去向，再遲，豈不是更難找？」

白素道：「好，我和你一起去！」

我大聲叫了起來：「那就求求你快一點！」

白素一面和我向外走去，一面道：「你自己浪費了幾小時，卻想在我這裏爭取回幾秒鐘！」

我心裏懊喪得說不出話來，一上了車，以最快的速度，趕到那幢大廈的門口。

一進去，就看到大堂中兩個管理員在交談，一看到我氣急敗壞地衝進來，神情十分訝異。

我忙說道：「陶格先生，住在……」

我還未曾講完，一個管理員已經道：「陶格先生一家人，全走了，真奇怪！」

我站住，向白素望去，白素顯然為了顧全我的自尊心，所以並不望我。

我忙道：「他們……走了？」

管理員道：「是的，好像是去旅行，可是又不像，沒有帶什麼行李。」

我道：「走了多久？」

管理員道：「你離開之後，十五分鐘左右，他們就走了，看來很匆忙，我想幫他們提一隻箱子，他們也拒絕了，這一家人，平時很和氣，待人也好，先生，你是他們的朋友？」

我搓着手，又望向白素，白素道：「如果他們要離開，一定是乘搭飛機！」

我點頭，道：「你到機場去查一查。」我一面說，一面取出兩張大面額的鈔票來，向管理員揚着，道：「請你們帶我進陶格先生的住所去看一看！」

兩個管理員互望着，神情很為難，可是兩張大鈔又顯然對他們有一定的誘惑力，我又道：「我只是看看，你們可以在旁看着我！」

一個管理員道：「為什麼？陶格先生他……」

我道：「別問，我保證你們不會受到任何牽連。」

兩個人又互望了一眼，一個已經伸出手來，另一個也忙接過鈔票。

我向電梯走去，對白素道：「我們在家裏會面！」

白素點着頭，向外走去。兩個管理員，一個留在大堂，另外一個，取了一大串鑰匙，跟着我上電梯，到了陶格住的那一層，打開了門，廳堂中的一切，幾乎完全沒有變過，我迅速地看了一眼，進入一間臥室，那是一間孩童的臥室，但是我卻無法分辨是男孩還是女孩的臥室。

本來，要分辨一間臥室是男孩子還是女孩子的，極其容易，因為男孩和女孩，有不同的玩具。可是這間顯然是孩童的臥室中，卻根本沒有任何玩具！

我又打開了另一間臥室的門，也是孩童的臥室，我再推開另一扇門，那是主臥室。主臥室中，略見凌亂，有幾隻抽屜打開着，大衣櫃的門也開着。衣櫥中的衣服，幾乎全在。

那管理員以十分疑惑的神情望着我：「先生，你究竟想找什麼？」

我道：「想找陶格先生……陶格先生……」

我一連說了兩遍「陶格先生」，卻無法再向下說去，我想找些什麼呢？連我自己也不知道！

我打開了抽屜，裏面全是一些衣服，在牀頭櫃上，有一隻鐘，這時，我才注意到整個住所之中，不但沒有電視，連收音機也沒有！

在我拉開抽屜的時候，管理員有點不耐煩，我再塞了一張大鈔在他手中，然後，將所有的抽屜都打了開來看，我立時又發現一樁怪事，所有的地方簡直沒有紙張，這家人的生活習慣，一定與眾不同，不然何以每一個家庭都有的東西，他們卻沒有？

我心中充滿了疑惑，問道：「陶格先生的職業是什麼，你知道麼？」

管理員睜大了眼：「先生，你不是他的朋友？」

我苦笑了一下，再到這個居住單位之中，我唯一所得的是他們走得十分匆忙，而且，我有強烈的感覺，他們一去之後，再也不會回來！

我沒有再說什麼，轉身向外走去，出了那幢大廈，心中暗罵了自己幾百聲蠢才。白素說得不錯，過分的自信，最是誤事！

在大廈門口，我等到了一輛街車，回到家中，不多久，白素也回來了。我一見她，就問道：「他們上哪裏去了？查到沒有？」

白素點頭道：「有，他們到可倫坡去了。」

我皺眉道：「到錫蘭去了？」

白素道：「他們到機場的時間，最快起飛的一班飛機，是飛往可倫坡的！」

我道：「那不要緊，只要他們仍然用原來的旅行證件旅行，可以查出他們到了那邊，一定還會再往別處。」

白素瞪了我一眼，說道：「如果他們一直乘搭飛機的話！要是他們乘搭火車或其他的交通工具，我看就很難找到他們的下落了！」

我苦笑了一下：「他們在躲避什麼呢？」

白素沒有回答我的問題，當然，她也不知道答案。這一家人，外形如此出色的一個標準家庭，他們有什麼秘密，為什麼要躲避呢？

白素過了片刻，才道：「我想，這件事如果要追查下去，一定要傑克上校的幫助才行！」

我搖頭歎道：「他能幫我什麼？」

白素道：「能幫你查出陶格先生在這裏幹什麼，他的來歷，以及有關他的許多資料！」

我苦笑道：「我以什麼理由請他去代查呢？」

白素瞪了我一眼：「要是你連這一點都想不到的話，還是在家裏睡覺算了！」

我有點無可奈何，我當然不是想不出理由，而是我根本不想和傑克上校去打交道。但是如今情形看來，除了藉助警方的豐富資料之外，沒有別的辦法可想。而有資格調動警方全部檔案的人，又非傑克上校莫屬！

於是，在第二天，事先未經過電話聯絡，我走進了傑克上校的辦公室。

傑克上校看來沒有什麼公事要辦，當他看到我的時候，極其驚訝，大聲說道：「請坐，什麼風將你吹來的？」

我笑道：「一股怪風！」

上校翻着眼：「好了，有什麼事，開門見山地說吧，我很忙！」

我早知道我一有事去找他，他一定會大擺架子，而我也根本沒有準備和他轉彎抹角。所以一聽得他那樣說，我就道：「好，我想找一個人的資料，這個人不是本市的長期居民，大約在過去一年間，曾經住在本市。」

傑克「哼」地一聲：「衛斯理，這樣做，侵犯人權，資料保密，而政府部門有義務保障每一個人！」

我有點冒火，但是傑克的話也很有道理，除非這個人有確鑿的犯罪證據，需要調查，但是我又沒有陶格先生任何的犯罪證據。

我歎了一聲：「不必將事情說得那麼嚴重，你不肯，就算了！」

傑克上校道：「當然不肯！」

我無可奈何地攤了攤手：「這陶格一家人，我甚至不知道他們是哪一國人！」

我這樣說，無非是為自己這時尷尬的處境搭訕兩句，準備隨時離去，可是我卻再也想不到，我這句話一出口，傑克本來是一副洋洋得意的樣子，坐在辦公桌後面，可是陡然之間，他卻直跳了起來，雙手按在桌子上，用一種極其古怪的神情望着我。

他突然有這種怪異的神態，令我莫名其妙，我站着，和他對望。

他足望了我半分鐘之久，才叫了起來：「衛斯理，你可別插手管你不該管的事！」

他在這樣叫的時候，漲紅了臉，顯得十分惱怒。而我，莫名其妙到了極點，真正一點也不明白他何以咆哮！

一時之間，我不知說什麼才好，而傑克也已經從辦公桌後走了出來，向我逼近，伸手指着我，聲勢洶洶：「你知道了多少？警方在秘密進行的事，你怎麼知道的？泄露秘密的人，一定要受到極嚴厲的處分！」

我等他發作完了，才道：「上校，我一點也不明白你在說些什麼！」

上校更怒：「少裝模作樣了。你剛才問我要一個人的資料！」

我道：「是的！」

上校又道：「這個人，叫陶格！」

我又道：「對！」

傑克揮着拳，吼叫起來：「那還不夠麼？」

我忙道：「你鎮定一點，別鼓噪，我看一定有誤會。我想知道的那個陶格先生，是一個標準的美男子，身高大約一百八十五公分……」

我的話還沒有說完，傑克已經悶哼了一聲：「是標準的美男子，太標準了，標準得像假的一樣，他和他的妻子，根本就是假的！」

老實說，當傑克在倖然這樣說的時候，我真的一點也不明白他想表達些什麼。什麼叫作「標準得像假的一樣」？又什麼叫作「根本就是假的」？

可是傑克在話一出口之後，像是他在無意之中說溜了嘴，泄露了什麼巨大的秘密，現出極不安的神情，想轉換話題，但是卻又不知道說什麼才好。

我想了一想：「我明白了，原來警方也恰好在調查這個人！」

傑克悶哼了一聲，不置可否。

我又道：「如果是這樣的話，我倒可以提供他最近的行蹤，他們一家人，忽然之間……」

傑克接着道：「忽然到可倫坡去了！你以為警方是幹什麼的？會不知道？」

我又呆了一呆，才道：「警方為什麼要注意他？」

傑克一瞪眼：「關你什麼事？」

我很誠意地道：「我也有一些這家人的資料，雙方合作，會有一定的好處！」

傑克一口就拒絕了我的建議：「不必了，而且，那完全不關你的事！你再也別為這件事來煩我！」

我道：「這個人可能和神秘死亡有關，死亡者包括玩具推銷員李持中！」

傑克根本不想聽我講什麼，只是揮着手，令我離去。他的態度既然如此之固執，我自然也沒有別的辦法可想，只好帶着一肚子氣，離開了他的辦公室。當我走出了他的辦公室，在走廊中慢慢向前走着，在思索着陶格和警方之間，究竟有什麼瓜葛之際，傑克忽然打開了門，直着嗓子叫道：「喂，衛斯理，回來！」

我轉過身，望着他，他向我招着手：「你回來，有兩個人想見你！」

我冷笑：「你怎麼肯定我也一定想見這兩個人？」

傑克怒道：「少裝模作樣了，他們會告訴你，警方為什麼在調查這個人！」

我一聽，心裏動了一動，立時向前走去，又進了他的辦公室，傑克只是氣鼓鼓地望着我，不多久，有兩個人，走了進來。

兩個人的膚色很黝黑，全有着鬈曲的黑髮，黑眼珠。一個中年人的樣子很普通，是屬於混雜在人叢之中，決不會引起任何人注意的那一種，而另一個青年人，卻樣子十分悍強，渾身充滿了勁力。

這兩個人一進來，傑克才開口，道：「你剛才一走，我就和他們兩位通電話，他們表示有興趣見你！」

我有點不明所以：「這兩位是……」

傑克指着那中年人道：「這位是梅耶少將，這位是齊賓中尉，全是我個人的客人。」

我一聽了這兩個人的軍銜，和他們的姓氏、外貌，便「啊」地一聲，問道：「兩位是以色列來的？」

梅耶少將點頭道：「是，其實我們不是正式的軍人，是隸屬於一個民間團體，這個團體……」

我不等他講完，就道：「是，我知道這個團體，你們在二次世界大戰結束之後，致力於搜尋藏匿的納粹戰犯！」

梅耶和齊賓一起點頭，我心中疑惑之極。這兩個特務身分人物的出現，自然和陶格先生有關係！這兩個人所屬的那個團體，近十幾年來，做了不少驚天動地的大事，有幾個匿藏在南美洲的大戰犯，甚至已經整了容，也一樣給他們找了出來，有的還通過綁架行動，弄回以色列去受審。

然而我不明白的是，陶格先生看來至多不過三十出頭，這樣年紀的人，和納粹戰犯，無論如何扯不上關係！

我心中疑惑，立時問道：「兩位，你們如今的目標是陶格先生？」

齊賓揚了揚眉，說道：「是的！」

我搖搖頭說道：「陶格的年紀……」

齊賓立時打斷了我的話頭，他的態度有點不禮貌，但是我卻並不怪他，反倒有點喜歡他的直爽。他道：「這太簡單了，整容。先生，現代的整容技術，可以使人看來年輕四十年！」

我心中極之紊亂，再也想不到事情在忽然之際會有了這樣的發展！

我又道：「那麼，你們以為陶格是什麼人？」

齊賓向梅耶望去，梅耶道：「衛先生，我們雖然沒有見過面，但是對你的一切，相當熟悉，認為你是可以信任的朋友！」

我聳了聳肩：「謝謝你，我決不會同情一個戰犯的！」

梅耶吸了一口氣：「我們以為，現在的陶格，就是當年和馮布隆在一起的主持德國火箭計劃的兩個工程師之一，比法隆博士！」

我陡地一震，立時大聲道：「不可能。」

梅耶冷靜地望着我，道：「理由是——？」

我道：「比法隆博士如今假使還活着，至少已經七十歲了吧？不論陶格經過什麼樣的整容術，他看起來那麼年輕，絕不會！」

梅耶沒有說什麼，自桌上取起一隻文件夾來，打開，給我看其中的兩張照片。一張，照片已很舊了，背景是一枚巨大的火箭，那是德國早期的VI型火箭，在火箭前的一個人，個子很高，面目陰森。

這個人，是比法隆博士，納粹的科學怪傑，不但主持過火箭的製造，也是一個日耳曼民族主義的狂熱分子，在東歐，有幾座屠殺了數以百萬計猶太人的集中營，據說也是他設計的。

這個科學怪傑，在納粹德國將近敗亡之際，突然失蹤，一直下落不明。最後和他有過聯絡的，是他的同事馮布隆博士，馮布隆投奔了西方，成為西方的科學巨人，美國能在太空科學方面有傑出的成就，馮布隆居功至偉。

一般的說法是，比法隆博士在逃亡途中，落到了蘇聯紅軍的手中，一直在蘇聯，成為蘇聯手中的王牌。但是，這也沒有確實的證據。

這時，我看着照片，不明白梅耶的意思。梅耶又指着另一張照片，我一看，就認出那是陶格，照片可能是偷拍的，因為看來，陶格的視線並不直視，望着另一邊。

梅耶道：「我們的專家，研究過這兩張照片，認為這兩個人的體高一樣！」

我搖頭道：「世界上至少有一百萬人是這樣的高度，這證據太薄弱了！」

梅耶道：「你或許還不了解陶格這個人！」

我呆了一呆，不得不承認道：「是的，我可以說一點也不了解。」

梅耶道：「好，那我先向你介紹一下。這位陶格先生的全名是泰普司．陶格。」

我道：「這個名字很怪，聽來像是『C型』。」

梅耶道：「就是這兩個字。」

我作了一下手勢，道：「請你再介紹他。」

梅耶道：「他第一次出現，是在十年前。請注意，我說他第一次出現的意思是，在這以前，從來也沒有人見過他，找不到他任何過去的資料，查不到他任何過去的行蹤，他像是忽然從天上掉下來的，一切，只有從他突然出現之後說起。」

我皺了皺眉，這的確很不尋常。任何人，都有一定的紀錄，決不可能有什麼人是忽然出現的。

我道：「這的確很不尋常。」

梅耶道：「他第一次出現的時候，根本沒有人懷疑他的來歷，只不過是我們開始注意他之後，追查他的來歷，查到十年之前，就再也無法查下去了！」

我道：「我明白，他最早出現是在——」

梅耶道：「十年前，印度要建造一座大水壩，在世界各地招聘工程人員，這位陶格先生，從荷蘭寫信去應徵，並且附去了一個極好的建造方案，他的方案被接納，他也成了這個水利工程的主持人，這是他第一次出現。在這以前，荷蘭的水利工程界從來也沒有聽見過陶格這個人！」

我揮着手：「這……」

齊賓打斷了我的話：「我們在印度水利部的檔案室中，看到了他假造的證件和推薦信！」

我道：「他既然能提出一個被印度政府接受的方案，又實際主持了水利工程，那麼他一定具有這方面的專業知識，這種專門知識，決不可能與生俱來！」

梅耶道：「對，我們也想到了這一點，所以我們曾花極長的時間，作廣泛的調查，範圍甚至到了連蘇聯明斯克水利專科職業學校都不放過的地步，但是結果是：根本沒有一個這樣的人，在任何地方進修過水利工程！」

我不禁吸了一口氣，這真是怪事。當然，有可能是他們的調查還不夠深入，不夠普遍。但是看梅耶和齊賓的神情，我如果提出這一點來，他們一定不會服氣。

我皺着眉，一時之間不知如何說才好。

我道：「既然這個人沒有來歷可稽，為什麼會懷疑他是比法隆博士呢？」

梅耶道：「有趣的是，在我們作廣泛的調查之際，發現比法隆曾在一家大學的水利工程系攻讀過兩年，兩年之後，才轉到化學系去。」

我吸了一口氣，沒有出聲，梅耶道：「此法隆博士有各方面的知識，那兩年的專業訓練，已足以使他成為第一流的水利工程師！」

我仍然不出聲，因為我覺得他們的證據，十分薄弱。我雖然沒有說什麼，但是臉上的神情，一定表示了我的心意。

梅耶又道：「這件水利工程完成之後，印度政府有意聘任他為水利部的高級顧問，條件好到任何人都會接受，但是他卻堅決要離開！」

我「唔」地一聲：「那也不說明什麼！」

齊賓有點怒意：「那麼，他以後幾年，幾乎每一年就調換一種職業，那是什麼意思？」

我揚了揚眉，一時之間還不明白齊賓這樣說是什麼意思。

齊賓又道：「離開了印度之後，他到了法國南部，一個盛產葡萄的地區——」

我「啊」地一聲：「法國南部！」

梅耶道：「他在一個釀酒廠中當技師，你為什麼感到吃驚？」

我苦笑了一下，我想起，浦安夫婦和陶格為鄰的時候，正是在法國南部，但是當我向陶格提及這一點的時候，他們兩夫婦卻又否認在法國南部住過，他們顯然地在騙我！

我道：「沒有什麼，等你們說完了，我再說我所知道的事。」

梅耶和齊賓互望了一眼：「在法國，他們也只住了一年，然後到巴西去開採銅礦，當了銅礦的工程師，接下來，他每一年就換一個職業，換一個地方，他在肯雅當過大學教授，在澳洲當過煉鋼的工程師，在日本就任海產研究所的研究員，在……一直到一年之前，他來到了這裏，職位是一個工業企劃公司的副總裁！」

我愈聽愈是奇怪，在梅耶舉出來的十種職業之中，每一種，都需要尖端的專業知識，每一種這樣的知識，都至少經過五年以上的嚴格訓練才能獲得，陶格的才能，竟如此多方面，實在令人吃驚！

齊賓道：「我們愈是調查他，留意他，就愈是懷疑他是失蹤了的比法隆博士，正當我們準備採取行動，和他見面，指出他的偽裝面目之際，他卻突然離開了這裏！」

我的思緒十分混亂，我支着額，想了片刻，才道：「我可以同意，陶格是在躲着，不斷地躲避。他的真正身分如何，當然不能確定，但是他，和他的一家人，的確很怪異。我之所以要向傑克上校取他的資料，是因為我懷疑他和三個人的死亡有關！」

梅耶、齊賓和傑克，都現出懷疑的神情來。

我作了一個手勢，開始敘述，從一年之前，在國際列車上遇到浦安夫婦開始敘述，一直講到最近，李持中的死亡為止。

我的敘述相當扼要，但是也説明了全部經過，等我講完，梅耶和齊賓兩人，頓有目瞪口呆之感。

齊賓道：「他，他用什麼法子殺人？」

我搖頭道：「我不同意你這樣説，因為至少在火車上，他們決不可能殺人！」

梅耶的雙眉緊鎖着，我道：「還有一件事，極之怪異，我一直無法解釋，在火車上，浦安夫人既然沒有認錯人，可是為什麼這兩個孩子，九年前和九年後一樣，並不長大？你們曾長時期調查陶格，應該可以給我答案！」

梅耶和齊賓兩人互望了一眼，一起搖着頭：「我們不能回答你這個問題。」

我不禁一呆，問道：「為什麼？」

梅耶道：「我們對他的調查，開始於一年多之前，他在埃及政府屬下的一個兵工廠當工程師，我們注意到他有一位極美麗的妻子，有一雙極可愛的兒女，但卻未曾留意他的兒女是不是會長大！」

傑克直到這時，才加了一句口：「當然是那位老太太認錯人了，根本不可能有長不大的孩子！」

我瞪了傑克一眼：「如果他們來自一個地方，這個地方的時間和地球上大不相同……」

傑克大聲道：「衛斯理，回到現實中來！你不可能對每一件事，都設想有外星人來到了地球！」

梅耶奇怪地道：「外星人？」

我點頭說道：「是的，我可以肯定，有外星人的存在。當然我不是說陶格一家是外星人！」

梅耶和齊賓兩人又互望了一眼，看他們的神情，有點失望。

我道：「很抱歉，我不能給你們任何幫助，反倒是你們，給我很多資料！」

梅耶道：「你也向我們提供了不少資料，使我們知道，他為了隱瞞自己的身分，曾經殺人！」

我大聲抗議道：「慢一慢，我不同意！」

齊賓盯着我：「為什麼？被他們美麗的外形迷惑了？」

我固執地道：「總之，我不相信他們會殺人？」

梅耶道：「三個死者不和你一樣想！」

我陡地一怔：「什麼意思？」

梅耶說道：「死者臨死之際，曾說『他們殺人』，那不是一個極重要的關鍵麼？」

我立時道：「你的意思是……」

梅耶道：「他們在臨死之前，說出這樣的話來，是由於他們心中極度的震驚，而令得他們震驚的原因，是由於他們決想不到兇手會是這樣的人，陶格給人的印象如此和善有教養，絕不像是兇手！」

我呆了半晌，直到這時，在聽了梅耶的分析之後，我才想到，浦安夫人和李持中臨死之際，說「他們殺人」，的確都含有極度的意外之感在內！

如果兇手是陶格，那麼，可以解釋他們臨死時的意外感！因為陶格無論如何不像是殺人兇手！

我以前未曾想到這一點，梅耶的分析能力顯然比我高得多！

在呆了半晌之後，我才喃喃地道：「假設兇手是陶格，他用什麼方法，可以殺人之後，使死者看來全然是因為嚴重的心臟病發作？」

齊賓冷笑一聲：「誰知道，殺人本來就是他的專長，他曾為集中營設計殺害幾百萬人的方法！」

我道：「那是比法隆！」

齊賓提高了聲音：「比法隆就是陶格！」

我大搖其頭，表示不同意，梅耶連忙道：「不用爭論下去，現在的當務之急，是將陶格找回來！」

我攤了攤手，說道：「我只知道他臨時到了可倫坡，以我的力量而論，也無法作進一步的調查。」

梅耶道：「是的，我們可以調查他的行蹤，世界各地都有我們的會員，我已經通知了在錫蘭和印度的會員。衛先生，如果你有興趣……」

我不等他講完，就道：「當然有興趣，一有了他的行蹤，請你立刻通知我，我亟想知道何以在見了他們之後，他們要匆忙離去！」

梅耶點頭離座，我和他們握手，告別。

我相信，梅耶所屬的那個組織，一有了陶格的消息，就立即會和我聯絡的。

第五部

不可思議的赤裸屍體

在接下來的三天之中，梅耶或齊賓，每天和我通一次電話。

第三天，齊賓的電話來了：「陶格一家，在新德里的機場出現，我們準備立即啟程，你去不去？」

我道：「我不去，也勸你們別去，因為我相信新德里不是他的目的，他會到一個地方去，住上一年半載，我們等他到了目的地，定居下來之後，再去找他，那比較好一點！」

齊賓在電話中，同意了我的說法，又接下來的三天之中，陶格的行蹤，由齊賓向我報告，陶格果然立刻離開了新德里，到了阿富汗，在阿富汗逗留了幾小時，又到了土耳其，在土耳其停留了一天，他們一家人飛到了北歐，在赫爾辛基下機。

第四天，齊賓在電話中，用又惱怒又焦急的聲調告訴我：「失去了陶格的蹤迹！」

我一驚，道：「怎麼可能？」

齊賓道：「陶格一家，在住進了赫爾辛基的一家酒店之後，我們的人一直在留意着他們，據報告，他們像是已經發現了有人跟蹤，行動顯得相當詭秘，住進酒店之後，根本沒有露面，一天之後，發現他們已經不在酒店，也根本沒有向酒店結賬，就這樣不知下落了！」

如果不是聽出齊賓在電話之中聲音是如此震動和沮喪，我真想痛罵在赫爾辛基方面跟蹤者的低能！一家大小四人，是再也明顯不過的目標，可是居然會鬧了這樣一個灰頭土臉的下場！

在那幾天中，我和白素也花了不少時間，討論、推測陶格一家人的真正身分。白素的意見和我大略相同，她也不相信陶格是比法隆博士，只是承認陶格和他的家人，怪異莫名。

而且，隨便我們怎樣設想，也想不出他們真正身分來。我曾設想他們是外星人，不是地球人，這種假設，可以解釋陶格的學識豐富，但是，他們為什麼怕人家知道他的行蹤？

陶格一家人在過去十年之中，每隔一年，必然調換工作，從歐洲到亞洲，或非洲，他們顯然是在躲避，外星人又何必有這樣的行動？

所以，我和白素的討論，一點結果都沒有。

在齊賓向我報告了他們找不到陶格之後的第三天，我和梅耶、齊賓又見了一次面，他們兩個來到了我的住所。

兩人的神情，都極度沮喪，因為陶格一直沒有再出現，他們的追蹤，斷了線，無法再繼續下去了！當然，他們已準備離開了。

在送別他們的時候，我和他們約定，不論是他們還是我，一有了陶格的消息，立時通知對方。

我知道，梅耶和齊賓兩人，以及他們所屬的那個組織，一定會繼續鍥而不捨地追尋陶格的下落，他們也一定會遵守諾言，一有了消息，會立即和我聯絡，但是竟然會在這樣的一種情形之下，再得到他們的消息，那真是絕對想不到的。

大約是在一個月之後，我和白素對於這位充滿了神秘性的人物陶格，不論如何設想，都沒有任何結果，我也一直在等着梅耶他們的消息。那天午夜，我才上牀不久，電話就響了起來。

我拿起了電話，聽到接線生的聲音：「衛斯理先生？丹麥長途電話。是丹麥警方打來的。」

我坐直了身子：「好，請接過來。」

等了不到一分鐘，我就聽到一個聲音，操着北歐口音極濃的英語：「衛斯理先生？」

我應道：「是，什麼事？你是……」

那人道：「我是達寶，達寶警官，我們在格陵蘭發現了兩具屍體，兩個人身分不明，在他們的身上，找到了一張名片，上面有你的姓名和地址、電話，除此之外，沒有別的，所以才打電話給你！」

我呆了一呆，在格陵蘭那麼遙遠的地方，發現了兩具屍體，怎麼會和我扯上關係？格陵蘭對我來說，是個陌生地方，我到過南極，也到過芬蘭北部，可是格陵蘭，沒有去過。

格陵蘭是世界上最大的一個島，但與其說是一個島，不如說是一塊其大無比的冰更確當。在格陵蘭，冰層可以厚達八百公尺，那是一個根本沒有什麼人居住的地方！除了在沿岸地區，一些小鎮，有漁民出沒之外，百分之九十以上，在地圖上，是一片空白！

所以，我在呆了一呆之後：「對不起，我不明白，我……」

達寶警官道：「我們也不明白，但是既然有兩個人死了，而且在他們身上，只發現了你的名片，我們當然只好打電話來通知你，希望能在你這裏，得到一些資料！」

我無可奈何：「我曾將自己的名片派給很多人，至少你該形容一下那兩個人的樣子！」

達寶道：「當然，這兩個人，一個是中年人，另一個大約二十五歲，看他們的外形，像是猶太人……」

他才講到這裏，我便陡地一驚，突然想起梅耶和齊賓來！

我忙道：「那中年人，他的右臂上，有一道傷痕，是砲彈碎片造成的？」

達寶立時道：「對，你認識他們？」

我呆了好一會，出不了聲。梅耶曾在戰爭中受傷，我們在閒談中，他曾提及過這一點，也曾捋起衫袖給我看過他手臂上的傷痕。如果一個死者是梅耶，那麼，另一個死者，當然是齊賓！

剎那之間，我思緒一片混亂。我不明白他們到格陵蘭去做什麼？難道陶格在那裏？對了，陶格最後出現是在芬蘭的赫爾辛基，離格陵蘭不能説是遠，他們是追蹤陶格去的？他們的死，是不是和陶格有關？如果是有關的話，那麼，他們是第四個和第五個遇難者了！我思緒紊亂不堪，不知道說什麼才好，達寶一直在發出「喂喂」的聲音。

我定了定神：「他們兩人，是死於心臟病猝發？」

我自己也有點不明白何以會如此問，我只是直覺地想到，他們的死亡，如果和陶格有關，那麼他們的死因，也就應該和浦安夫婦、李持中一樣才是。可是對方的回答卻是：「不，不是……」接着是一陣猶豫，然後才道：「他們的死因很奇怪，看來不可能，而且事情……也很難解釋，不過這不必理會了，如果他們沒有別的親人，請你指示我們，該如何處理屍體。」

梅耶和齊賓兩人，在以色列是不是另有親人，我不得而知，他們屬於一個龐大的，搜尋漏網納粹戰犯的組織，本來我可以將這一點告訴對方，讓對方直接和以色列方面聯絡。

但是，我卻急急地道：「不，請別忙處理他們的屍體，我來，我盡快趕到，請問我該如何和你聯絡？」

達寶呆了一呆，像是想不到我會有這樣的要求，他呆了片刻，才道：「好，你到了哥本哈根，在總局，找特殊意外科的達寶警官！」

我答應着，放下了電話，白素恰好從浴室出來，她看到我的臉色青白，望着我，在牀邊坐了下來，伸手按住了我的肩頭。

我聽到自己的聲音像是在呻吟：「梅耶和齊賓死了！」

白素也陡地一怔。

我苦笑了一下：「他們死在什麼地方，你做夢都想不到，在格陵蘭！剛才是丹麥警方的一位警官打電話來。」

白素揚了揚眉：「這好像不怎麼合理，他們兩人死了，為什麼要通知你？」

我道：「是很奇怪，他們只在死者的身上，發現了我的名片，其他什麼也沒有，所以只好通知我！」

白素呆了一呆：「他們……也是死於心臟病猝發？和……其他三人一樣？」

白素這樣問，當然是她的想法，和我一聽到了死訊之後的一樣，認為那和陶格有關之故。

我道：「我也這樣問了，可是沒有直接的答覆，其中好像還有曲折。」

白素皺起了眉望着我，我道：「我已決定到丹麥去，看一看情形如何！」

白素半轉過身去，呆了半晌，才緩緩地道：「你可得小心點，我可不想半夜被電話吵醒，說是在什麼地方發現了一具屍體，手上握着我的相片！」

我苦笑了一下，白素平時很少說那樣的話，可是這一次卻連我自己也有同樣的感覺，因為事情太不可測，太神秘！

我只好說道：「我會盡量小心。」

白素沒有說什麼，我也不準備再睡，起了牀，由白素代我收拾簡單的行裝，我找到了傑克上校，並向他說了丹麥警官告訴我的事。

傑克聽了之後，又難過，又憤怒，厲聲咒罵納猝戰犯。關於這一點，我始終和他持相反的看法，當然我沒有和他爭論什麼。

我只是道：「我要到丹麥去，請你通知在以色列方面他們的朋友和家人！」

第二天下午上機，經過長時間的飛行，到達哥本哈根，我自機場直接來到丹麥全國警察總局，找到了「特殊意外科」，看到了達寶警官。

達寶警官的外表很普通，他所管理的那一科，看來也和其他部門不同，除了他之外，只有另外一個警官，辦公室也很小，堆滿了雜亂無章的檔案。

達寶看到我有訝異的神色，解釋道：「我這一科處理的是特殊意外，這一類的事情並不多，而且，全是一些不可解釋的事，所以平時很空閒，用不着太多人，而且，大多數事情，是沒有結果的！」

我明白他的解釋：「有不明飛行物體出現，就歸你處理，是不是？」

達寶笑了起來：「不是，如果有人因為不明飛行物體的襲擊而死亡，那就歸我處理！」

我道：「那麼，這兩個死者是……」

達寶搓着手，並沒有直接回答我的問題，反倒問我：「他們兩人到格陵蘭去做什麼？」

我坦白地道：「我不知道！他們可能是在追蹤一個人，也可能不是！」

達寶盯着我，眼光中現出精明的神采來：「我可以知道全部事實？」

我苦笑了一下，全部事實，在整件事件之中，根本沒有什麼「事實」可言，有的，只不過是許多根本沒有任何事實支持的猜測！

我想了一想，才道：「我不是不想說，而是不知道從何開始才好！」

我一面說，一面攤着手，神情極無可奈何，又道：「他們的屍體在哪裏，我可以先看一看？」

達寶道：「可以，他們的屍體，被發現之後，一直沒有移動過！」

我呆了一呆，道：「還在格陵蘭？」

達寶點頭道：「是的，正確地說，在馬斯達維格以西兩百公里處！」

我更怔了一怔，不由自主尖聲叫了起來，道：「那……那是在格陵蘭的中心部分了！」

達寶道：「是的，所以屍體可以放心留在那裏，不必擔心敗壞！」

我苦笑了一下，在格陵蘭的中心部分，除了冰雪以外，什麼都沒有，氣溫長期在攝氏零下三十度，當然不必擔心屍體的變壞。但是，這樣做似乎不合邏輯。

所以我問道：「凡是在格陵蘭地區發現屍體，都讓他留在原處？」

達寶道：「當然不是，只不過他們兩人的情形極其特殊，所以我們才決定完全保留現場的情形，不作任何改變，以免死者的親屬來到之際，我們要費唇舌解釋，事實上，如果改變了現場的情形，不論我們如何解釋，都很難使人相信！」

在達寶的話中，我聽出梅耶和齊賓的死，一定有極其不尋常之處，可是我卻也想不出特別在什麼地方。在我神情疑惑，未曾出聲間，達寶已取出了一張名片來：「這是你的名片？」

我點頭，那是我的名片，而且我還認得出，那是我給梅耶的一張，因為在上面，我特地寫下了我住的那個城市的名稱。名片很皺，看來曾經過摺疊。

達寶說道：「這是他們兩人死的時候，唯一的身外之物，由年紀較大的那個，緊握在手中！」

我又呆了一呆，不明白他這樣說是什麼意思。達寶說我的名片是他們兩人臨死時「唯一的身外之物」，這很難使人明白。任何人都知道，到格陵蘭去探險，要帶上許多配備，難道他們身邊的東西全遺失了？我一面想，一面將這個問題，提了出來。

達寶警官苦笑着，他的那種苦笑，使我感到，事情還有我所絕料不到的成分在內。

我還沒有再發問，達寶已取出了一張照片來，交在我的手中。

我向手中的照片一看，整個人都呆住了。那是真正的驚呆，剎那之間，連腦中也是一片空白，實在不知道想什麼才好！

我的視線盯在照片上，根本無法移開。

照片上，是一片冰雪，那很自然，格陵蘭本就到處一片冰雪。在一個大冰塊上，伏着兩具屍體。那也不算奇怪，我早已知道梅耶和齊賓兩人死了，人死了，自然有屍體。

但是，令得我驚呆的是，那兩具屍體，全是赤裸！一點不假，全身赤裸，一絲不掛，梅耶的手緊握着，可以看到我名片的一角露在他的手指外，他們兩人身上，什麼也沒有，我的名片，是兩人「唯一的身外之物」！

這真是不可思議到了極點，零下三十度的地方，發現了全身赤裸的屍體！這兩個人，就算是不可救藥的瘋子，也不會跑到格陵蘭來發瘋！

我不知自己驚呆了多久，才抬起頭來，發出了一連串的問題：「他們的衣服呢？他們的營帳在哪裏？他們的禦寒裝備呢？他們的屍體，離他們的營地有多遠？雪地上可有掙扎的現象？他們一定被人用極殘酷的方法謀殺！」

達寶望着我：「你的那些問題如果有答案，事情就不會由我來處理了！」

我一驚：「什麼意思？」

達寶道：「一隊日本探險隊發現了他們的屍體，在他們到了馬士達維格之後，向當地政府報告，當地政府立時派出了一架小型飛機，飛機發現了屍體，但是在二十公里的範圍之內，沒有發現任何其他的東西！」

我陡地叫了起來：「不可能，你也應該知道，誰也不能在那樣的嚴寒之中經過二十公里才死亡！」

達寶道：「我同意，正常的情形是，人如果沒有任何禦寒設備，在零下三十度的嚴寒之中，根本喪失了任何活動能力，生命也至多只能支持十分鐘！」

我又說道：「那麼，這種情形……」

達寶的語調很平靜：「這是一種特殊意外，所以才會輪到我來處理！」

我盯着他：「事情也可能很簡單，有人殺了他們兩人，將他們兩人的屍體，移動了超過二十公里！」

達寶搖着頭，說道：「如果你到過現場，就會排除這個可能性！」

我道：「為什麼？」

達寶道：「近期的天氣十分好，我的意思是，沒有下雪，也沒有風暴，如果有移動屍體的情形，在積雪上，一定會留下痕迹，也沒有什麼人可以將留下的痕迹完全消除乾淨！」

我又呆了半晌，本來我還想說，也有可能是他們兩人死了之後，被經過的人取走了衣物，但既沒有「痕迹」，那自然也是不可能的了！

一時之間，我實在說不出什麼來。達寶道：「他們臨死之際，將你的名片握在手中，你看，這是不是有什麼特別的意義？」

我苦笑一下：「特殊的意義？我想，這……證明這件事的本身，充滿了神秘！」

達寶的神情十分疑惑，而且充滿了詢問的樣子，我解釋道：「他們以為我對一些神秘的事件，有特殊的解決能力，以往我曾有過多次這樣的紀錄！」

達寶「哦」地一聲：「這一次呢？」

我的神情更苦澀：「這一次？這一次的事件，從開始到現在，超過一年，可是我卻一點頭緒都沒有！我甚至說不上這是怎樣的一件事！」

達寶仍以充滿疑惑的神情望着我，期待着我作進一步的解釋。但是我卻不打算這樣做，因為要從浦安夫婦在列車上「認錯人」開始說起，實在太長了！

達寶等了片刻，未得到我進一步的回答，他也不再堅持下去：「無論如何，我想你既然來了，該到現場去看一看。」

我忙道：「當然，請你安排！」

達寶召來了兩個警官，和他們急速地交談着，我在他的辦公室又坐了一會，一個警官拿着兩個相當大的包裹，走了進來。

達寶指着那兩個包裹說道：「這裏面，是完善的禦寒衣物，包括一個睡袋在內，在格陵蘭的冰天雪地之中，什麼事都可能發生！」

我點頭道：「我明白，我曾在南極平原上九死一生！」

達寶望了我片刻，像是對我的話不怎麼相信，可是他也沒有再說什麼，只是道：「我們出發吧！」

我提起了一隻包裹，覺得相當沉重，達寶提起了另外一隻，我們一起走了出去，在建築物門口上了車，車直駛機場。在機場，我們上了一架小型的、可以在雪地上降落的飛機，由達寶駕駛。

飛機起飛之後，我和達寶之間，幾乎沒有說什麼，我只是望着下面，飛機在飛離了丹麥的海岸線之後，一直向北飛着，漸漸地，蔚藍色的海面上，可以看到白色的、點點斑斑的浮冰，愈向北飛，浮冰愈多。等到可以看到格陵蘭的海岸線時，沿岸更是一片白色，在北極早落的太陽的餘暉之中，閃耀着難以形容極其奪目的光彩，壯麗無儔。

飛機在天色半明不暗的情形下，降落在馬士達維格。那是格陵蘭東岸的一個有人聚居的地方，可以算是一個市鎮。

在我們離開飛機之前，達寶已示意我打開包裹，我和他都穿上厚厚的禦寒衣服，離開了飛機，達寶道：「我們休息一下，繼續航程！」

我沒有異議，和他一起下了飛機，走向機場的建築物，我看到機場的工作人員正在忙着替飛機加油。一下機，冷空氣撲面而來，雖然可以令人精神一振，但是刺骨的寒冷也隨之襲來。我翻起了有着厚厚毛皮的大衣領，遮住了雙頰。

休息了約莫一小時，我們又登上了飛機，天色一直半明不暗，太陽在地平線之上浮着，不肯沉下去，天地之間充滿了一種難以形容的神秘氣氛，再加上我所面對的事，又是如此之不可思議，我心頭有一種重壓，令得我完全不想說話。

仍然由達寶駕機，飛機向東北方向飛去，一些建築物很快看不見了，極目望去，不是冰就是雪。雪看來比較平靜，就是潔白的一片，皚皚閃着靜默的光輝，但是自冰塊上反映出來的光輝，卻是絢麗的、流動的，像是每一塊在發光的冰塊，都是有生命的怪物！

由於不可能憑天色來判斷時間，所以我不斷留意着儀板上的時計，在三小時之後，看到太陽已經開始漸漸升高，飛機也降低了高度，向下望去，延綿不斷的冰雪，變得極其刺眼。

達寶轉過頭來，向我示意戴上雪鏡，我依他的提議，透過深灰色的鏡片，刺目的炫光消失，看出去的景物，簡直像是在夢幻中所見一樣奇妙。

達寶道：「我們快到了，為了不破壞現場的情形，飛機會在較遠處停下，我們可以利用機動雪橇去到現場！」

我道：「我沒有意見，一切聽你的安排就是。」

達寶專心駕駛，不多久，飛機就降落，我留意到，在降落的雪地上，有許多飛機降落過的痕迹，也有不少雜亂無章的雪痕。事實上，在這樣的積雪平原上，幾乎任何在陸地上的活動，都難免留下痕迹。

飛機降落之後，達寶自機尾部分，扯出了機動雪橇，發動引擎。

我和他登上了雪橇，達寶利用雪橇上的儀器，校正了方向，雪橇向前飛駛而出，在雪地上留下了兩條極長的痕迹，積雪向四下飛濺，但氣溫實在太低，臉上的感覺早已麻木了，雪團打在臉上，也渾然不覺。

雪橇行進了約七百多公尺，我已經看到了梅耶和齊賓兩人的屍體。他們兩人，就像我曾經看到過的照片一樣，伏在一塊巨大的冰塊之上，冰塊上的積雪不是很多，有着十分雜亂的痕迹。

我一看到那些痕迹，立時向達寶望了一眼。達寶也立時明白了我的意思：「這些痕迹，一半是那個發現屍體的日本探險隊留下來的，另一半，是我上次帶人來的時候，留下來的！」

我只好接受他的解釋，雪橇一停下，我就向前走去，一直來到屍體之前才定。

達寶在熄了雪橇的引擎之後，也跟着走了過來。當他在向我走來之際，他踏在雪上，發出一些輕微的聲音，而當他在我身邊站定之後，幾乎沒有任何聲響，靜到了極點。我從來也未曾在一個曠野之中，而如此寂靜的。這種寂靜，像是使人感到整個地球、整個宇宙，全都停頓了！

我怔怔地望着眼前的兩具屍體。在如此寒冷的氣候之下，赤裸的屍體。

這真是不可思議的怪事！

我不知自己呆了多久，才俯下身來，輕輕地去撥動了一下梅耶的屍體，看到了他的臉面。

當我看到他的臉上神情——那自然是他臨死之際一剎那間所留下來的表情，我陡地震動了一下。心中立即想到了一個問題：梅耶在死前，遇上了什麼可怕的事情？

梅耶一生的經歷，我相當清楚，他參加過戰爭，是一個出色的軍官，而在戰後，又一直擔任着如此艱鉅的搜尋納粹餘孽的任務，對於他的勇敢和鎮定，我沒有絲毫的懷疑。

可是這時，他臨死之前的神情，卻是充滿了恐懼！

在梅耶僵凝了的臉部肌肉上，在他已經變成灰白的眼珠中，從他近乎歪曲了的口形之中，都透出一股極度的恐懼。這種恐懼，立時使我受到了感染，以致我的身子，不由自主，發起抖來。

在我身邊的達寶，顯然也和我一樣，我聽到他發出了一下顫抖的驚呼聲：

「天，他……是被嚇死的！」

我要十分努力，才能使自己吞下一口口水，然後，又深深地吸進了一口冷空氣，才略為鎮定了下來：「難道你沒見過他的神情？」

達寶不由自主喘着氣：「沒有，我沒有注意到他們的神情，只是想將現場的情形完全保留下來。」

我要勉力定神，才能再有勇氣去看齊賓的屍體。齊賓的屍體一經翻轉之後，他臨死之際，臉上的恐懼神情更甚，他的一隻手，本來是壓在他的身子之下的，這時，當他的屍體翻轉之後，我看到他的那隻手，緊緊地抓住了他自己的肚皮。

一個人，要不是遇上了可怕之極的事，決不會有這樣的動作。而且，這種樣子，也立時使我想起，當他在感到極度恐懼之際，他已經赤身露體，這更增加事情的神秘性：在零下三十度的氣溫赤身露體！

我呆立在嚴寒的空氣之中，不但感到手腳僵硬，甚至於連全身的血液，也像是凝結了，要費好大的勁，才能慢慢轉過身去，去看達寶。當我在轉動自己的頭部之際，甚至聽到了頸骨發出一陣格格聲。

我向達寶看去，看到他目瞪口呆地站着，盯着齊賓的屍體，口唇在不由自主發着抖，我張大了口，想叫他，可是一時之間竟發不出任何聲音。

也就在這時，達寶揚起手來，指着齊賓：「看，他留下了兩……兩個字！」

我震動了一下，立時循他所指看去，看到齊寶的屍體之旁，冰塊上的積雪上，果然有兩個極潦草的字在，那兩個字，一望而知，是在極度倉皇的情形之下，用手指在雪上劃出來的。

那兩個字，原來被壓在齊賓的身子下面，在他的胸腹之間，我可以想當時的情形，齊賓一倒在這冰塊之上，就劃下了這兩個字，接着，他就死了。在臨死之前的一剎間，他仍然感到了極度的恐懼，是以他的手壓在身下，抓緊了自己的肚子。

我還可以進一步肯定，他一定是一倒下去，立即死亡的，因為若不是這樣，他的體溫，會令得那一層薄薄的積雪溶化，那兩個字會消失，不會再留下來。

我一看到了雪上有字，一時之間，辨認不出那是什麼字，心中一面急速地轉着念，一面向前跨出了兩步。達寶在我的身邊，伸出手來，抓住了我的衣服，跟着我向前跨出去。

第一眼的印象，那兩個字是英文，我和達寶一起看，在達寶還未曾認出那兩個英文字是什麼字之際，我已經看清楚了！

而當我一看清楚了那兩個字是什麼字之際，我的身子便劇烈地發起抖來，抖動得如此之甚，以致身邊的達寶，駭然叫了起來：「你怎麼啦？」

我並沒有回答達寶的問題，只是尖聲叫了起來，叫聲劃破了寒冷而寂靜的空氣，連我自己都被嚇了老大一跳。

我叫的是留在雪上的那兩個字：「他們殺人！」

我不知道自己叫了多少次，直到聽到達寶道：「是的，他留下來的是『他們殺人』，他們是什麼人？他們用什麼方法殺人？」

我陡地衝口而出：「用什麼方法殺人我不知道，可是我知道他們是誰！」

達寶以極吃驚的神情望定了我，道：「誰？」

我喘着氣：「陶格，一定是他！」

達寶道：「陶格是誰？」

我呆了一呆，剛才，我處於一種極端激動的情緒之下，才這樣説，這時，我已經漸漸冷靜了下來，對於達寶這一個簡單的問題，實在不知道如何回答才好，只好報以苦笑。

達寶見我不答，又追問了一句：「陶格是誰？」

我歎了一氣：「我會告訴你，但不是現在，說起來實在太複雜！」

達寶神情疑惑，但沒有再追問下去，我道：「讓我們再來看看附近的環境，我有一點設想，不知道你是不是同意。我想，他們在臨死之前，一定曾遇到過極其駭人的事情，所以他們的神情才會如此驚懼。」

達寶苦笑了一下，喃喃地道：「任何人都會同意你的假設！」

我指着雪地上的腳印，雪橇的痕迹：「這些痕迹，全都是那個日本探險隊和你上次來的時候留下來的？」

達寶道：「是。那日本探險隊在發現屍體的時候，附近一點痕迹也沒有……」

他講到這裏，看到我略有猶豫的神色，忙又道：「探險隊的成員，沒有理由隱瞞事實！」

我道：「這兩個人，身上什麼衣物也沒有，甚至連鞋子也沒穿，他們是怎樣來到這裏的？他們是走來的，雪上應該有赤足的腳印。」

達寶的神情怪異：「沒有人可以赤身露體，在這樣的嚴寒下行走！」

我一面察看着雪地上的痕迹，一面道：「他們不會飛，一定有人自空中將他們帶到這裏，然後再將他們放下來！」

達寶同意了我的分析：「這是唯一的可能！」

我半蹲下來，由於我穿着相當厚的皮袴，所以沒有法子全蹲下去。當我半蹲下去之後，我伸手去按齊賓的胸口，齊賓的肌肉，已被凍得像冰一樣硬，但是我還是可以碰到他的胸前的肋骨。

肋骨完整，沒有一根斷折。

肋骨是人體骨骼中最脆弱的，像齊賓這樣的伏屍姿勢，如果從空中被拋下來，肋骨沒有理由保持完整。達寶是一個極好的警務人員，他一看到我的動作，就知道了我的用意，他也去檢查梅耶的肋骨。

然後，他抬起頭來，望着我：「他們不會從很高的空中被拋下來！」

我點頭：「以你的估計，最高不超過多少？」

達寶想了一想：「這要看他們被拋下來的時候是死還是活。如果那時他們是活着，落地之前會有自然掙扎，可以避免骨折，高度可以提高。如果他們在被拋下來時已經死了，那麼，我想高度不會超過三公尺！」

我站直了身子，用力在冰上踏了幾下：「他們落在這樣堅硬的冰塊上，我估計如果是死人，不會超過兩公尺。」

達寶一面聽我說話，一面點着頭，然後，我們兩人互望着，誰也不開口。我們並不是沒有話要說，而是想到了要說的話，而不願說出口來。

我想，達寶這時想到的，和我想到的是同一個問題：世界上有什麼飛行工具，可以低飛到兩公尺到三公尺的高度，而不在鬆軟的積雪上，留下任何痕迹？

如果是直升機，機翼的風力，會將積雪掃開去，如果是小型飛機掠過，積雪也會在飛機的去向，形成條狀，可是如今看來，一點痕迹也沒有！

過了好一會，達寶才道：「那……不可能！」

我的思緒雖然十分紊亂，但是我還是在急速轉着念，我道：「有一個可能！」

達寶瞪着我，我道：「將他們兩人，自飛行物體上吊下來，在離地只有一公尺處，將他們放下來！」

達寶了出了幾下乾笑聲，他的乾笑聲，在寒冷的空氣下聽來，格外乾澀，他道：「當然有這個可能，但是為什麼要那樣做？」

我答不上來，達寶又道：「這兩個人究竟是什麼身分？他們來到格陵蘭，是為了什麼？」

我吸了一口氣：「他們是以色列人，我想他們是在追尋一個人！」

達寶道：「陶格？」

我點了點頭，達寶又回到了他的老問題上：「這個陶格，是什麼人？」

我蹲下，雙手捧住了頭，在想如何回答達寶的問題才好。這時，我的臉是向下的，我只是在思索着，根本沒有留意眼前視線內的東西。當我決定怎樣回答達寶的問題時，抬起頭來，就在我抬起頭來之際，我陡地看到，在雪地上，有兩個相當奇特的痕迹。

第六部

神秘小腳印

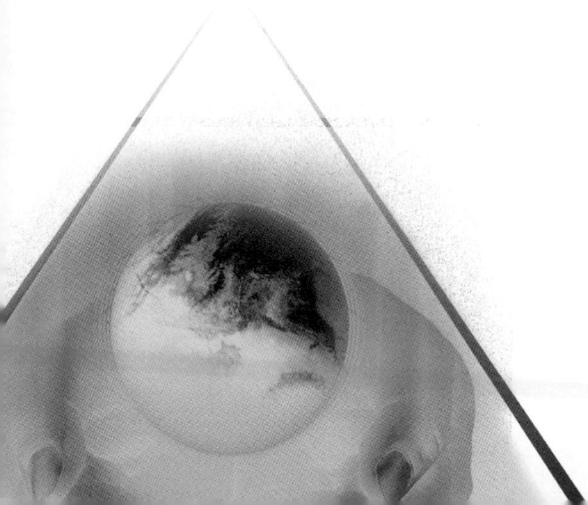

我怔了一怔，那痕迹十分小，只有約莫一公分長，半公分闊，作橢圓形，看來像一個小小的腳印，一共是兩個，相距約兩公分左右。

我失聲叫道：「這是什麼？」

達寶不經意地道：「我想是探險隊員的雪杖所留下來的，你知道雪杖？」

我當然知道雪杖。雪杖，就是在雪地上用的手杖，通常都有相當尖的頂端，但是，我卻不認為雪杖的尖端會留下橢圓形的痕迹來。

我道：「來，仔細看看！」

我一面説，一面已伸開雙腿，伏了下來，使我可以離得那兩個痕迹更近，達寶和我採取了同一姿勢，而當我們兩人可以將這兩個小痕迹看得更清楚時，我不由自主張大了口，而達寶則發出了「啊」的一聲，雙手按在冰上，身子迅速地後退了一些。

那兩個小痕迹，離近一點，仔細看，任何人都會知道，那是兩個腳印！

剎那之間，我心中的駭異，真是難以形容，在雪地上出現兩個腳印當然再平常都沒有，但是腳印小到只有兩公分長，那就太不尋常了！

達寶伸出手來，他的手指在微微發抖：「這……這……是腳印！」

我道：「是腳印！」

達寶道：「這個人……」

我道：「這個人，從他腳印的大小來看，他的體高，不會超過二十公分。」

達寶聽得我這樣說，怔怔地望着我：「你……你在開玩笑？」

我苦笑了一下：「你看我的樣子，像是在開玩笑？」

我們兩人這時的對話，十分幼稚可笑，但是除了說這些一話之外，一點別的辦法也沒有，因為我們心頭所受的震動如此之甚，根本不知道該說什麼才好。

而我在這樣回答達寶之際，完全一本正經。因為我早就覺得整件事，從開始起，就被一重極其神秘的霧籠罩着，有許多不可解釋的事。這樣的事，如果和地球以外的生物有關，那麼，外星有一種「人」，只有二十公分高，那有什麼稀奇？

達實在我的神情上看出了我的想法，他「嗯」地一聲：「外星人？」

我點了點頭。

達寶的神情大不以為然：「將可疑的事，諉諸外星人，是不費腦筋的最簡單做法！」

我道：「是的，但是你如何解釋這兩個腳印？」

達寶吞下了一口口水：「我們或者太武斷了，這不是腳印，只不過是像腳印的兩個可疑痕迹。」

我直起了身子來，首次發現的兩個「小腳印」是在梅耶的屍體之旁，當我向前走去，來到了齊賓的屍體旁時，又立時看到了兩個同樣的「小腳印」。

而除了這兩對小腳印之外，再也沒有別的可疑痕迹了，達寶道：「我想將屍體先運回去，這裏沒有什麼可以再研究的了！」

我抬起頭來，向前看去，極目所望，只是白茫茫的一片，我的心中，充滿了疑惑，我想了一想：「運屍體回去，一個人就可以了！」

達寶給我的話嚇了一大跳：「你……想幹什麼？」

我道：「請你盡量留下在雪原上需用的物品給我，我想到處走走。」

達寶尖聲叫了起來：「到處走走，那是什麼意思？冰原上到處是死亡陷阱，可不是鬧着玩的！」

我點頭，表示我知道，而且，我的神情，也表示了我心中的堅持。達寶望了我片刻，才道：「好，想不到世界上還有比我更固執的人！」

我笑了起來，和他握着手。

在接下來的時間中，我幫他將兩具屍體，裝進了帆布袋中，運上了飛機。他留下了機動雪橇和一切應用品給我。當他上機之際，他道：「你還沒有對我說那個陶格究竟是什麼人。」

我道：「我想以色列方面接到了我的通知，很快會有人來，他們會告訴你！」

達寶道：「死因剖驗一有了結果，我就來找你，希望你在雪地上留下標誌，好讓我知道你到了哪裏！」

我答應道：「好的，我用相當大的箭嘴，來表示我行進的方向。」

達寶道：「不好，好天氣已經持續了許多天，要是一起風，什麼全會消失，你的行囊中有紅色的金屬旗，你可以用來插在雪上！」我向他作了一個「明白」的手勢，達寶發動飛機，飛機起飛，迅速遠去。

等到達寶走了之後，只剩下我一個人在雪原上了。

四周圍極靜，人處身其中，真會懷疑地球上只剩下了自己一個人！

我並沒有呆立多久，又去仔細察看那兩對「小腳印」。雖然「小腳印」上並沒有腳趾，但是我還是以為那是腳印！

如果那兩對真是腳印的話，那麼，是不是説，我要留意兩個只有二十公分高的「小人」？

我想了片刻，登上了機動雪橇。我自然毫無目的，選擇了向格陵蘭腹地前進的方向。雪橇在積雪上向前飛駛，我看到雪地上另有雪橇的痕迹，那自然是發現屍體的日本探險隊留下來的。

我想，探險隊一路前來，直到發現屍體，都沒有別的發現，我大可以不必和他們採取同一路線。所以，我轉了七十五度方向。雪原上除了冰雪，什麼也沒有，我一直在向四面注視着，雖然戴着護目的雪鏡，但是眼睛也有點刺痛。

在這樣的雪原之上，不必擔心會有什麼交通意外，所以我閉上了眼睛一會，仍然令雪橇向前行駛。

雪橇向前行駛的速度相當高，我估計已駛出超過了二十公里，在我閉上雙眼行駛的那段路程，也至少有三公里。

閉着眼睛，任由雪橇飛馳，這樣的經歷不可多得，我在閉上眼睛之前，已經很仔細地打量過，眼前視線可及之處，一片平陽，所以我才閉上眼睛的。

可是就在那時候，我突然覺出雪橇猛烈地震動了一下。

說是「震動」，或許不是十分恰當，那種感覺，就像是騎在馬上，正在飛馳間，馬的後腿忽然向上高舉一樣！

騎在馬上而馬的後腿忽然揚了起來，唯一的結果，自然是人向前衝跌出去。我這時的情形，也是一樣。

而更糟糕的是，那時我閉着眼，而且，這種變化，完全在我的意料之外！雪橇的後部忽然向上揚了起來，我身子向前一衝，整個人向前，被掀得直跌了下去，翻過了雪橇的頭部，跌在雪地上，還向前滾了一滾，才算是穩住了勢子。

當我在雪地上打滾的時候，我已經睜開眼來，看到雪橇在沒有人駕駛的情形之下，仍然筆直地在向前衝着，速度和有人駕駛一樣。

我一看到這樣情形，不禁大驚失色，一時之間，也不及去想何以好端端行駛中的雪橇，會突然將我掀了下來。我只想到了一點：如果我失去了這架雪橇，那我的處境，可以說糟糕到了極點！

達寶留給我，使我可以在冰原上維持生命的東西，全部都在雪橇上，失去了這些裝備，我能在冰原上活多久？

而且，就算活着，難道我能依靠步行找到救援？

我立即想到這一點，這時候，向前直衝而出的雪橇，恰好在我身邊不遠處，疾掠而過，雪橇下濺起的雪塊，撞在我的臉上，我不由自主，發出了一下大叫聲，身子打着滾，滾向前，同時，用盡全身的氣力，躍起，向前撲去，只要我這一撲，可以使我的身子撲前一公尺，我就可以抓住雪橇後的一根橫桿，那就不再怕了。

雖然我身上穿着厚厚的衣服，動作沒有那麼靈便，但是我估計，我迅疾無比的滾、撲，一定可以達到目的。

可是，我卻犯了一個錯誤。我拚盡全力，向前撲出之際，主要的借力，是雙手向下用力一按，身子才可以趁機縱起。如果我雙手按下去的地方是硬地，我絕對可以撲出一公尺以上。但是，這時我是在雪原上，雙手向下一按，卻按進了積雪之中！

當我的雙手按進積雪中之際，那使我蓄着待發的力道，消失了一半以上，雖然我還咬緊牙齦，用力向前撲去，但當我伸出手來之際，離我想要抓住的橫枝，還差了十公分左右。

相差十公分，只是在那一剎間的事。緊接着，我的身子向下落來，雪橇繼續衝向前，我和雪橇之間距離，迅速變成十公尺，一百公尺。雪橇在冰原上，成了一個黑點，還不等我站起來，已經消失不見了！

我沒有立即站起來，只是伏在積雪之上，不由自主喘着氣。

事情在突然之間，出現了這樣的變化，實在不知道如何應變才好。等到我抓了一個空，雪橇已向前駛得不知所終之後，我心頭所受的震動，更是到了極點。在那一剎間，我只想到了一點：我如何才能離開冰原？

達寶駕機回去，他答應再來找我，可是那得等多久？一天，還是兩天？在這段時間之中，我必須在極度艱難的環境之中求生！

在略為定了定神之後，我開始檢查我能夠動用的設備。在皮袴的後袋裏，有一柄小刀，有一扁瓶酒。我旋開瓶蓋，喝了一口酒，站了起來。

天色藍得出奇，露在積雪外的冰層皚皚生光，緩緩轉了一個身之後，什麼也看不見。在我的腰際，還有一團繩索，食糧一點都沒有，幸好有積雪可供解渴，飢餓當然是大問題，但我自信可以支持七十二小時。我在想，我應該往回走？還停留在原地不動，以節省精力？我考慮了沒有多久，就決定往回走，一則，在極度的嚴寒之中，停留不動，十分危險。二則，在發現梅耶和齊賓的屍體之處，我記得有一些雜物在，這些雜物，對維持生命可以起極大的作用。

當我決定之後，我就開始往回走，反正來路的積雪之上，有着明顯的雪橇留下的痕迹，要往回走，認路不是難事。

當我走出了幾十步之後，我停了下來，注意着積雪之上的兩個坑，有一個較大，是我被掀跌下來之際，跌在雪地上所留下來的。另外一個坑比較小，那是雪橇的尾部陡地向上翹了起來之際，頭部陷進了雪中所造成的。我這時，開始想到一個問題，在行駛中的雪橇，何以會忽然將我掀到了地上？

積雪十分平，看起來，絕無來由。

我心中充滿了疑惑，雪橇的機件，不像有什麼不妥，那麼一切又是如何發生的？我一面思索着，一面深深吸着氣。也就在這時候，我突然看到了，在一條雪橇的軌迹之上，有着兩對小小的腳印！

機動雪橇，也有人稱之為「雪車」的，沒有輪，只是一副如同滑雪板一樣的組成部分，在雪上滑行。

在雪車滑過的地方，會留下十公分寬，深約三公分的痕迹，我起先沒有注意到那兩對小腳印，是因為那兩對小腳印，恰好留在雪橇滑過的痕迹之中！

這時，我一看到了它們，心頭的震動，實在難以言喻。

不管那是什麼，是腳印或不是腳印，這樣的痕迹，決計不應該出現在積雪上！

那兩對小小的腳印給我的震動極大，我要呆上好一會，才能慢慢彎下身子，去察看它們。我可以絕對肯定，這兩對「小腳印」，和在屍體旁發現過的，完全一樣！如果那真是腳印的話，那麼，那兩個二十公分高的「小人」又曾出現過，也可以推想得到，雪橇的意外，也是「他們」造成的！

剎那之間，我心中的駭然，真是難以形容，一面喘着氣，一面向四面看看，如果四周圍有「小人」的話，別說他們有二十公分高，就算只有兩公分高，我也可以看到他們的，除非他們全身白色，和積雪一樣。

我一面看着，一面已不由自主大叫起來：「出來，你們出來，讓我看看你們究竟是什麼妖魔鬼怪！不論你們是什麼東西，從哪裏來，滾出來讓我看看！」

我一遍又一遍地叫着。當然，我明白，這樣呼叫，事實上一點意義也沒有，但是我還是忍不住要這樣做。

我當時處在一種極度狂亂的情形之下，狂亂由於極度震駭，而震駭，又是由於對發生的一切，一無所知之故。我不知道自己叫了多少遍，直到因為嚴寒空氣，不斷衝擊着喉嚨，使我再難發出聲音來，才停了下來，大口喘着氣。

也就在這時候，我聽到一陣異樣的聲音，起自遙遠之處，正在傳了過來。那種聲音十分難以形容，一聽入耳，竟像有許多人在嗚咽哭泣，聲音雖然還很低微，但是已經驚心動魄！

我怔了一怔，忙循聲看去，看到在極遠之處，似乎有什麼東西在移動，移動的速度極快。當我第一眼看到那個極大的、似乎橫亙了整個地平線的移動物體之際，我不能肯定那是什麼東西。

但由於那種移動的速度如此之高，以致在接下來的一秒鐘，我已經知道那是什麼了！那是地上的積雪在移動，在向我站立的方向湧過來！

積雪當然不會自己移動，它被強風吹過來，而這時，我還全然感不到有風，看過去，除了迅速在移動的積雪之外，也看不到任何有強風的迹象。我此際是處身在雪原之上，不像是在平常的陸地上，有強風來的時候，可以看到樹梢的擺動，這裏根本沒有樹，只有雪，所以我只看到積雪的移動！

我也立時想起了達寶的話：「好天氣不會一直持續下去！」

如今，顯然天氣已經變壞了！

奇怪的是，我看不到天上有雲，天邊仍然一樣清明，當我抬頭向天上看一看，再低下頭來，這其間，只不過一兩秒鐘而已，可是就在那麼短的時間中，我已經看到，在我身子附近的積雪，已經在開始移動了。我並沒有在雪原上遇到過壞天氣的經驗，可是當那種呼嘯聲迅速傳近，積雪的動作愈來愈快之際，我也知道不妙了！

我明知自己一定要採取行動才行，可是我該採取什麼行動呢？逃跑？我在雪地上奔跑的速度，無論如何不能比強風更快！但是停留在原地，更沒有好處。

我轉過身，向前拚盡全力，奔了出去，呼嘯聲在我的身後，緊緊地追了過來，我沒有勇氣回過頭去看一看。

然而，看不看都無關緊要，突然之間，我耳鼓一陣疼痛，有一個短暫的時間，什麼也聽不到，那是強風帶來的極大壓力。緊接着，不知有多少雪，就是那種潔白、鬆軟、美麗的雪，在我的身後，疾湧了過來，我完全像是在暴風雨的海上，被巨浪在身後襲來一樣，身子陡地向前一仆，不知多少雪，一起向我身上蓋來。

我叫不出聲音，心中知道，如果我不拚命掙扎，冒出積雪，非死在雪中不可，我盡所能，屏着氣，向上掙扎，當頭冒出積雪，看不到任何東西，眼前呼嘯飛舞着的，全是大團雪，像是無數量白色的魔鬼。

我的身子，在不由自主，迅速地向前移動，因為我身子大半埋在積雪之中，而積雪又被強風推得在向前移動。

在這樣的情形之下，任何人，能力再高強也無能為力，我慶幸自己好運氣，因為恰好在被強風推動着的積雪邊緣，所以我才能隨着積雪前進，移動。如果是在積雪的中心，早已死了！

我不知幸運可以維持多久，只要風勢再強一點，後面的積雪湧上來，那我就沒有希望了，要命的是，我明知處境極度危險，但是絕想不出什麼改善的法子，我卻真正感到了絕望，我完了，我心中所想的只是三個字：我完了！

當我心中，不斷在叫着「我完了」之際，突然之間，我聽到了人聲。我以為已經陷進了臨死之前的幻覺，因為在這樣的情形之下，決不可能聽到有人呼叫的聲音，而我卻聽到了！

我不但聽到了呼叫聲，而且還清清楚楚地聽到了有人在叫：「天，有人在上面！」

我想張口叫，一張口雪就湧進了我的口中，令我根本發不出任何聲音。我無法確定是不是已起了臨死前的幻覺，一大蓬積雪，已當頭壓了下來，我陷身雪中了！

這是第二次陷身在雪中，我還想掙扎向上，可是掙了兩掙，只覺得積雪已開始向我的鼻孔中湧進來，有了極度的窒息感，我可以不呼吸兩分鐘到三分鐘，嚴格的中國武術訓練，或者可以不呼吸更長久一點，但也不會超過五分鐘。

當我已完全無法呼吸之際，我知道自己真的完了！而且，如今的處境，不單是不能呼吸，而且身上的重壓愈來愈甚，我已經完全無法支持下去了！

就在這時，我突然覺出，我的腳踝，被什麼東西，緊緊扣住。

這是一種模糊的感覺，事實上，我此際的情形，已是在死亡的邊緣，就像是舊小說中所描寫的「三魂悠悠，七魄蕩蕩，就將離竅而出」，所有的感覺，都已經開始變得遲鈍。

我只是模糊地感到，我的一隻腳踝，好像被什麼東西緊緊地鉗住，當我一有這種感覺之際，我首先想到的是：我已經開始死亡了，死亡從足部開始，會迅速地向上蔓延！

但就在我這樣想時，身子陡然被一股極大的力道，拽得向下沉去。我根本沒有機會去想一想究竟發生了什麼事，身上一輕，人也跌了下去，在我鼻孔中的積雪，一起噴了出來，我立時又吸進了一口氣，然後，才重重地跌在一個物體之上。

我全然無法想像發生了什麼事，最後的感覺，是已經開始死亡，而接下來的則是向下跌，那是不是意味着：已經死了，跌進了地獄之中？

我忽然興起了一個十分滑稽的想法：地獄，竟然這麼容易到達？還是我沒有做過什麼壞事，所以才不致跌到最深一層的地獄？

事後回想起來，這種想法當然滑稽，但是當時，在絕無可能獲救的情形之下，忽然有了變化，當然會作這樣的想法。

我睜開眼來，一時之間，什麼也看不見，可是卻可以肯定，眼前有光線。看不到什麼，是因為戴着護目的雪鏡。我也可以肯定，已不在積雪之中，因為身上已沒有了那種致命的壓力，呼吸也十分暢順。

可是我卻無法想像在什麼樣的情形中。當然，我幾乎是立刻就放棄了「身入地獄」這種滑稽的想法。剛才的那種經歷，我分明是忽然之間，被一種什麼力量，拉進了積雪下的一個坑中！

這實在不可思議，積雪下何以會有坑？就算有，又有什麼力量可以將我拉下來？由於我的思緒亂到了極點，所以我只是維持着下跌來的姿勢，一動不動。

就在這時，我聽得一個女人的聲音，幽幽地道：「你將他帶了下來，我們的所在，就要暴露了！我真不知道該再躲到什麼地方去好！」

在這個女人的聲音之後，是一個男人的聲音，說道：「我……也不知道，可是如果我不將他帶下來，他一定要死在積雪中！」

在那男人說了話之後，我又聽到了一男一女共同發出幽幽歎息聲。

這一男一女用低沉的聲音迅速地交談着，他們的對話，並沒有花多少時間，我將他們的對話，每一個字，都聽得清清楚楚。而事實上，當那個女人才一開口之際，我已經認出了她是什麼人！

她是陶格夫人！

那男的，當然毫無疑問，是陶格先生！

在聽完了他們的對話之後，我真正呆住了，以致一動也不能動，他們的對話很簡單，但是至少使我明白了很多事。

第一，我明白他們暫時，並沒有認出我是誰。因為我戴着雪鏡，戴着皮帽，整個臉，只有極少部分露在外面。

其次，我知道他們在躲避，他們躲得如此用盡心機，甚至躲到了格陵蘭，在格陵蘭的雪原之下，挖了一個坑來藏身，這樣的躲避，一定是和他們的生命有關，不然，沒有人會願意和兔子一樣躲在地洞之中。

第三，陶格先生明知他一救了我，自己就會暴露，再也躲不過去，他既然認不出我是什麼人，那麼極可能他救下來的人，就是想要害他的人。可是，他還是毅然出手相救。由此可知，他品格極高！

雖然，我的心中還有許多疑點，但是以上三點，絕對可以肯定。而我，曾不止一次懷疑他和好幾個人的死亡有關！如今，我不但可以肯定他不會是兇手，也可以肯定，梅耶和齊賓也弄錯了，他決不會是什麼納粹戰犯比法隆博士。曾設計過殺死數百萬人的殺人裝備，決不會看到有人陷身在雪中而不顧自身安危去救他的！

我想到這一點，真不知該如何開口才好，只好仍僵持着原來的姿勢不動。

我又聽得陶格夫人道：「他……已經死了麼，為什麼不動不動？」

陶格先生接着道：「不會，他或許是驚惶過度，昏了過去！」

陶格先生說着，我眼前已可以看到一個模糊的人影，向我走來。接着，我的手被拉了起來，解開了衣袖和皮手套相連接的繩子，陶格先生的手指，搭上了我的脈門。

同樣，我又聽得他以十分誠懇的聲音道：「朋友，你不必驚惶，剛才你的處境雖然危險，可是現在，你已經平安無事了！」他的語聲是這樣動人、誠摯，充滿了關懷，我自問雖不算鐵石心腸，但也決不感情軟柔。可是此時此地，此情此景，我一聽到了他的話，我熱淚不禁奪眶而出！我不知已有多少年沒有流淚了，可是此際，由於心情的極度激動，我的淚水不斷湧了出來，我的口唇張動着，可是一句話也說不出來。

我的視線由於淚水，更加模糊，我看到又多了一個人來到我的身前，那當然是陶格夫人，她道：「朋友，別哭，你應該是一個很堅強的人，你是一位探險隊員吧？」

陶格夫人的話，令我更加感動，我幾乎是嗚咽着道：「不……不是。」

我一面說，一面已掙扎坐起身來，同時，拉下了戴着的雪鏡。我一拉下雪鏡來，眼前的情形，已看得十分清楚。

我首先看到陶格先生和陶格夫人在我的面前，本來是以一種十分關注的神情望着我的，可是突然之間，他們兩人的神情，變得驚駭，他們不斷向後退，一直退到了地下室的一角。

而在那個角落中，唐娜和伊凡兩人也在，他們一直站在那裏，當他們的父母退到那角落時，兩個孩子就緊緊抓住他們的衣角，神情也駭然之極。

我一看到這種情形，顧不得先抹眼淚，忙搖着手，我知道他們認出我了，我必須先解除他們對我的驚惶。

我一面搖着手，一面道：「別怕，請你放心，我絕對相信你們是好人，你們救了我，我也絕對沒有加害你們的意思，絕沒有，請你們別怕，真的，別怕！」

我不斷地說着，我知道自己說得十分雜亂無章，可是這時，我只要他們明白我絕無惡意，我想他們也可以明白。

當我不斷地在說着的時候，我看到他們的神情，鎮定了許多，陶格先生向我道：「你究竟是什麼人？到這裏來幹什麼？」

在我回答他這個問題之前，我先要說一下這個「地下室」的情形。我本來稱之為「地洞」，那是我才一跌下來，完全未看清楚周遭情形的事。這時，我必須稱之為地下室。或者，應該稱之為「冰下室」。

我不知道這時處身之處，離上面有多深。這個「冰下室」的四壁，全是冰，看來不知用什麼鋒利而合用的工具削出來，極平整。格陵蘭冰原上的冰，亙古以來就存在，堅硬晶瑩無比，而且透明度極高，所以向冰壁看去，開始是晶澈的，像是水晶一樣，愈向深處，就愈是呈現一種藍色，到目力可及的最深處，簡直是一種寶藍色。

我不憚其煩地形容這種情形，是因為那實在是一種奇景，以前，連想也未曾想到過。冰下室大約有十公尺長，五公尺寬，相當寬敞，有着簡單的傢俬陳設，和許多機械裝置。這些機械裝置，全是我見所未見，其中有一隻，我可以叫得出來，是機械臂，還有一具相當大的電視熒光屏，這時，呈現在電視熒光屏上的，是無數飛滾轉動的積雪。

我向上看去，上面除了冰層之外，有兩公尺見方的所在，是一塊金屬板，我也注意到，在我剛才掙扎站起來處，有不少雪，那一定是我跌下來時，連帶跌進來的。位置恰好在金屬板下，這使我可以知道，我是從那塊金屬板中跌下來的。

陶格夫婦留意我在打量冰下室中的一切，當我抬頭向上看去之際，陶格夫人說道：「我們在熒光屏上，看到你被埋在積雪堆裏，而恰好我們又可以救你下來……」

我不等她說完，就道：「謝謝你們救了我，以後，不論你們叫我做任何事，我都會盡我一切能力去做！」

我說得斬釘斷鐵，倒不止是因為他們救了我，而是我在他們的行為之中，可以肯定，他們是君子。

當我這樣說了之後，他們的神情又緩和了不少，唐娜和伊凡兩人，甚至試圖大着膽子向我走過來，可是卻被陶格夫婦所阻。

我又道：「我叫衛斯理，好管閒事，在我的經歷之中，有許多其他人不能想像的事，我曾幫助過好幾個來自不知什麼星球的人，回到他們原來的星球去，我可以接受任何他人難以相信的事！」

我說到這裏，略頓了一頓，看他們的反應。我發現他們一家四口，都很專注地聽着，唐娜，那個小女孩，當我略頓一頓之際，抬起頭束，用一種十分哀傷的神情，望着她的父母：「我們必須回去了？」

陶格夫人忙道：「不，不，當然不！」

我呆了一呆，弄不明白唐娜這樣問是什麼意思，我又道：「我來格陵蘭，是因為有兩個人神秘地死在格陵蘭，而這兩個人是我的相識，所以丹麥警方找到了我。」

陶格先生轉動着眼珠：「這兩個人……這兩個人……死……」

陶格先生斷斷續續，無法講下去，我道：「這兩個人，在過去一年多，一直在追蹤你們，想弄明白你們的底細！」

陶格夫婦互望了一眼，陶格夫人說道：「嗯，那兩個以色列人！」

我道：「是的，他們認為陶格先生，是比法隆博士！」

陶格先生現出極度愕然的神色來：「比法隆博士是誰？」

別說他的神情是如此真誠，就算不是，我也已經可以肯定，那是梅耶和齊賓找錯了目標。我道：「這一點我慢慢再解釋……我可以喝一點熱東西？」

陶格夫人點了點頭，走向一組機械裝置，我看到她按下了幾個掣，那可能是一具十分精巧的發電機，因為陶格夫人將一壺咖啡，放到了一隻電爐之上，而咖啡壺也開始冒出熱氣來。我續道：「由於他們死得離奇，所以我調查，遇到了烈風，由你們救起來。」

陶格先生怔怔地望着我，神情緊極張，陶格夫人顯然同樣緊張，當她拿起咖啡壺，向一隻杯子中傾倒咖啡之際，手在劇烈發着抖，以致有不少咖啡灑了出來，落在立腳的冰層上，立時變成了圓形的、咖啡色的小圓珠，在光滑的冰面上，四下滑了開去。

這使我估計，冰下室的溫度，至少也在零下十度左右，這樣的溫度，當然比冰面之上好多了！

我繼續道：「這兩個人，我猜想他們是為了找你們，才來到格陵蘭的！」

陶格夫婦又互望了一眼，兩人都有慘然的神色，陶格道：「連他們也找得到，他們自然……」

陶格夫人接上去道：「自然更找得到了！」

兩人講了這一句話之後，又閉口不語，慘然的神色依舊。

我聽得出他們的對話之中，第一個「他們」，指梅耶和齊賓，第二個「他們」，顯然另有所指，指的是什麼人呢？

我吸了一口氣，走向前，自陶格夫人的手中接過咖啡來，喝了幾大口：「兩位，不論在追尋你們的是什麼人，我都會盡力對付他們，請你們接受我的支持！」

陶格先生望了我半晌，指了指一張椅子，示意我坐下。我坐了下來之後，不斷向他們介紹我自己的一些奇遇，和我特殊的和各種各樣人物周旋的本領。

我講了很久，唐娜和伊凡聽得十分有趣，但陶格先生卻揮了揮手，說道：「夠了，我並不懷疑你的能力，可是我們的情形，很不尋常！」

我道：「如何不尋常？」

陶格先生顯然不願意說，和陶格夫人，兩個孩子，一起走到了一扇屏風之後，兩個孩子在屏風後探頭出來，我向他們做了一個鬼臉，招手請他們過來。

兩個孩子的神情，躍躍欲試，但是立時被拉回屏風去，陶格先生的聲音自屏風後傳過來：「衛先生，風一停，請你離去，我們已應付了很久，可以應付下去。」

他講到這裏，停了一停：「倒是你自己，要極度小心！」

我立時道：「是，他們已經殺了五個人！」

我突然講了這樣的一句話，是五個人，從浦安夫婦起，臨死之際，或用語言，或用文字，都留下了「他們殺人」這樣的話，我根本不知「他們」是什麼東西，但「他們殺人」已是毫無疑問的事。

剛才，陶格的口中，也說過一次神祕的「他們」，他又叫我小心，那當然是叫我小心「他們」又來對我不利了！

我這句話出口之後，屏風後面，傳來了陶格夫人一下抑遏着的驚呼聲，我吸了一口氣，我無意迫陶格夫婦。這時，絕對可以肯定這一雙夫婦，心地極之良善，他們能夠在自己有極度危險的情形之下出手救我，就是一個證明。

但是我還是必須在他們的口中，進一步弄清楚事實的真相。

所以，我用近乎殘酷的語氣道：「風一停，我出去，是不是很快就會成為第六個被『他們』所殺害的人？」

我這樣說，是在利用陶格夫婦對我的同情心。這種方法，相當卑鄙。我明白這一點，但是我卻沒有第二個方法。

第七部

「他們」是機器人

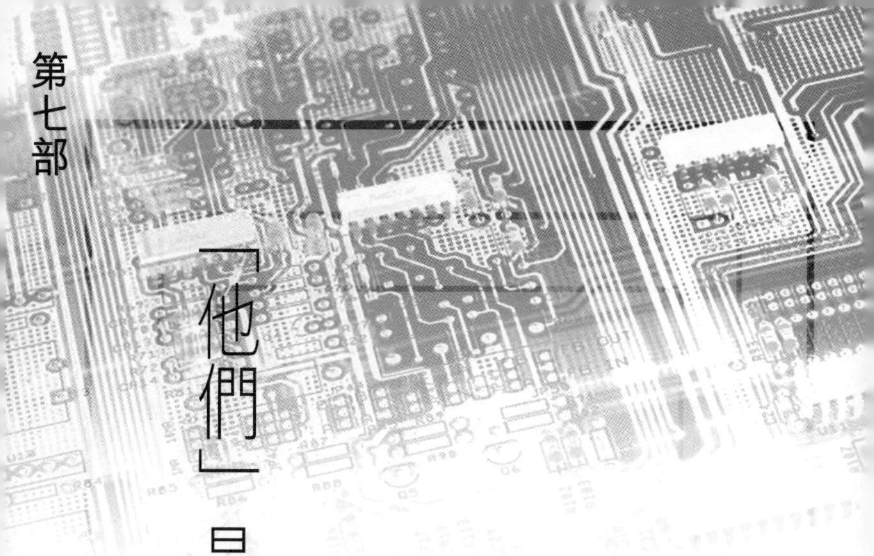

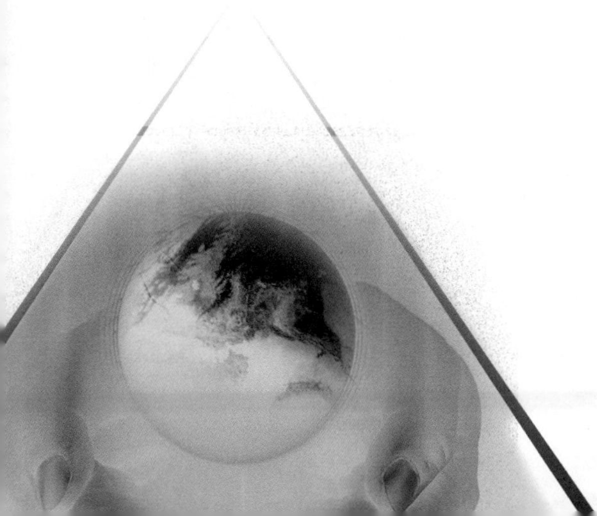

我尖銳的話，又使得陶格夫人發出一下如同呻吟也似的聲音。接着，陶格先生面色蒼白，自屏風後轉了出來，盯着我：「你究竟想怎樣？」

我攤了攤手：「任何人都不想死，我至少要知道我會如何死，什麼力量可以令我致死。陶格先生，你不會認為我的要求太過分吧，我的要求就是這樣！」

陶格用手撫着臉，陶格夫人也走了出來，靠在她丈夫的身邊。

他們兩人都望着我，顯然我剛才那番委婉的話，已經打動了他們良善的心。但是從他們猶豫不決的神情看來，他們顯然還有極度的顧忌，要他們透露心中的秘密，我必須進一步刺激他們。

我又道：「我對你們的來歷一無所知，雖然，有人將你們出現之後，十年來的經歷調查得十分清楚，但是我仍然不知道你們究竟從什麼地方來的，也不知道你們在躲避什麼。如果你們躲避的是你們的敵人，那麼，我們至少有共同的敵人！」

陶格的神情十分苦澀，再一次用手撫摸着臉，神情疲倦而慌張，我走向他，他有點疑懼似地震動了一下，而當我的手輕輕地放在他的肩頭上，表示我的友好意願之際，我發覺他的身子，在微微發抖。

我道：「陶格先生，或許你不覺得，你的外形，在我們普通人看來，是一個完美的形象，普通人心目中的英雄，有着高貴的氣質和崇高情操的人，就應該像你這樣子。」

我的話才一出口，陶格先生陡地笑了起來，我之所以這樣說，是希望他變得堅強些，以和他的外形相稱。可是這時，他的笑聲之中，卻充滿了淒涼和無可奈何的意味。他笑着：「或許是，從很早起，人就揀完美的形象來製造玩具！」

我一時之間，還不明白他這樣說是什麼意思之際，陶格夫人已尖聲叫道：「這……這太過分了！」

我不禁呆了一呆，一句在我聽來，幾乎是毫無意義的話，何以竟然會在陶格夫人的身上，發生這樣尖銳的反應？

一時之間，我不知該說什麼才好。在我沒出聲的時候，陶格用一種十分悲哀的神情，望着他美麗動人的妻子：「親愛的，我說的是事實！」

陶格夫人用幾乎等於哀鳴的聲音道：「求求你，就算是實話，也別再說了！」

我全然不明白陶格夫人何以會有這樣的反應，但這時，我卻可以看得出，陶格先生和陶格夫人兩人，在情緒的反應上，有着極其顯著的差異。

陶格先生在驚懼之中還有着激憤和一種反抗，但是陶格夫人卻只有驚懼。

我一看出了這一點，不肯放過機會，立時道：「如果事實這樣，不說，並不能改變事實。鴕鳥將頭埋在沙裏，一點也不能躲避開獵人的追捕！」

陶格夫人的臉色慘白，在上下四周的冰色掩映之下，她美麗動人的臉龐，有着一股極其淒艷的色彩，乍一看來，使人感到她整個人也像是冰雕成的，只要輕輕一擊，整個人就會碎裂。給我這種感覺最主要的原因，是我可以肯定知道陶格夫人精神的緊張，已到了她可以忍受的極限，隨時可能崩潰。我話已說出了口，但是我很後悔，怕因此而令得陶格夫人無法支持下去。

陶格夫人不但臉色白，而且身子在發抖，陶格先生立時將她擁在懷裏，那表示他們夫妻之間，有着極深厚的感情。

看了這種情形，我心中的後悔程度更甚，我忙道：「對不起，每個人都有每個人的困難，我不應該太熱心，想去幫助他人，真對不起，我不會再想知道什麼了！」

陶格夫人用她修長的手指掩住了臉，啜泣了起來，陶格先生長長歎了一口氣：「算了，我們沒有理由怪你——」他講到這裏，停了一停，才又道：「我看你也疲倦了，這場風，我估計在七小時之後會停息，那時，你就可以離去了！」

我幾乎已要脱口而出，問他怎麼會知道在冰原上突然而起的暴風會在何時停歇，但是我剛才説過，不再問他們更多的事，所以我忍住了，沒有説出來。

反正，我早已知道，陶格是一個具有多方面超卓才能的人。或許他在氣象學上，也有着過人的知識，那就不足為奇了。

我點頭道：「是的，我可以趁這段時間，休息一下。」

陶格先生和陶格夫人的神態，已經比較回復了正常，陶格先生大聲道：「伊凡，拿一個睡袋給衛先生！」

伊凡大聲答應着，走到屏風之後，不一會，就抱着一個大睡袋，蹣跚地走了出來——一個這樣可愛的小男孩，抱着幾乎佔他體高三分之一的東西，那樣子更加可愛。

我忙走了過去，將他和睡袋一起抱了起來。

我將他抱了起來之後，在他的臉上親了一下：「伊凡，你還記得我麼？」

伊凡沒有回答，唐娜已叫了起來：「記得，你教過我們，火車上不是追逐的好地方，後來，又請我們吃冰淇淋！」

我空出一隻手來，輕拍唐娜的頭，兩個孩子對我的態度，比較友善，陶格夫人這時已在叫道：「伊凡，快下來！」

伊凡掙扎了一下，落到了地上。

陶格先生道：「你可以將睡袋鋪在這裏！」

他指着一個角落，這是冰下室四個角落中的一個，離那座屏風，大約有六公尺左右。我特別提到這一點，是因為看清了自己的處境之後，冰下室中的一切，雖然全在我的視線範圍之內，但是那座相當大的屏風，卻阻擋了我的視線，使我無法看到屏風後面的那一角落，究竟有着些什麼。

自然，如果我要滿足好奇心的話，大可以走過去看看，但是，我已不忍再使陶格夫人受到刺激，所以我只是略為想了一下就算了。

我照着陶格先生所指，走向那個角落，展開了睡袋，鑽了進去。而陶格的一家人，也一起到了屏風之後。

他們到了屏風的後面，一點聲音也沒有發出來，我屏氣靜息聽了一會，冰下室中，靜到了極點，他們四個人，幾乎已經不存在一樣。

我實在相當疲倦，但是精神卻處在一種異樣的亢奮中。

我竟在這樣的情形之下，見到了陶格的一家人！這是我事前絕未曾想到的事。

這當然是巨大的突破。

然而這種突破，非但未曾給我帶來解決謎團的希望，反倒增加了謎團。例如，陶格一家人，究竟是何方神聖？我只知道他們在逃避「他們」，「他們」究竟是什麼人？

我實在不忍看到陶格夫人這種脆弱的樣子，只好放棄追究！

我在想，風停了之後，只有離去一途，離去之後，該怎麼辦呢？是不是就這樣算了？想到這裏，我不禁苦笑了起來，這可以說是我經歷之中從來也未曾有過的事，一件事情已經發生了那麼久，竟然還身在謎團之中！

我自然也想到了陶格的警告，要我小心「他們」，這一點，我倒不怕，雖然我知道「他們」已經殺死了五個人，而且所用的方法，完全不可思議。但是我倒反而希望「他們」快點出現，「他們」出現，雖有危險，但是也可以從謎團中出來。

世上再也沒有比不可測的敵人更可怕，正面的敵人可以應付，而隱蔽的敵人則根本無從防禦！

想了不知道多久，在屏風後面的陶格一家人，一直未曾發出任何聲音來，而我也矇矇矓矓進入了睡眠狀態。

我不說自己「睡着了」，而只說自己進入了「睡眠狀態」，那是由於多年來的冒險生活，使我養成了一個習慣，就是當身在險地的時候，我決不會睡着，而迫使自己在一種半睡不醒的情形下休息。

當我維持着這種狀態相當久之後（當然無法像清醒之際一樣知道準確的時間），我忽然聽到了一陣輕微的聲響，像是有人在低聲笑着。

由於我處身的冰下室，實在太靜，所以即使那種笑聲十奇低微，也足以令得我在矇矓之中陡地醒了過來。

我仍然閉着眼，一動不動。在醒了過來之後，笑聲聽來更清楚了，而且，我立刻認出，那是唐娜發出的笑聲。她不但在笑着，而且低聲在說着話：

「你去！」

而伊凡立時道：「你去！」

唐娜像是猶豫了一陣：「好，別爭了，我們一起去。」

伊凡立即同意：「好，一起去！」他在講了這句話之後，停了一停，又道：「等一等，要是爸、媽回來了，問起來是誰的主意，那可不是我的主意！」

唐娜道：「那是我們共同的主意！」

我聽到這裏，已經稍微睜開了眼來，心中也十分疑惑。聽這兩個孩子的交談，好像陶格夫婦離開了冰下室！他們離開了冰下室，到什麼地方去了？

而這兩個孩子這時在商議的，顯然是正要做一件什麼事，他們準備做什麼呢？

我略為轉動了一下頭部，將眼睛睜開一道縫，向着聲音傳來的方向。我立時看到唐娜和伊凡兩人，自屏風之後，神情鬼祟，躡手躡腳，走了出來。

當他們走出來之後，互望了一眼，立即向着我走了過來。

他們逕自向我走過來，而我所睡之處，離開他們，只有六、七公尺，他們很快就來到了我的身前。

在這一剎那間，我的心頭，像是閃電一樣地閃過一個念頭：這兩個孩子，向我走來，為了什麼？

他們來對我不利？

這實在是一個極其可怕的念頭，以這兩個孩子這樣天真可愛的外形而言，我實在不應該這樣想，可是事實上，他們的而且確，正一步一步，向我接近！

我又想起了浦安夫人死前的一句話：「他們殺人」！如果竟然指唐娜和伊凡，那的確夠使人震驚了！而梅耶臨死前，那種恐懼之極的神情，似乎也有了解釋，如果這時，這一雙可愛的孩子，突然對我做出什麼危害我的動作，我相信也一樣震驚，會留下那種神情來！

我飛快地轉着念，唐娜和伊凡在迅速接近我，當他們來到我身邊，我心中問了不知道多少遍：該怎麼辦？

如果這時走近我的，是世界上第一流的殺手，我一定可以有十種以上的辦法對付，但是，如今向我走來的，只是一個看來只有六歲，一個看來八歲的孩子，而且他們的樣貌，是這樣討人喜歡！

在我還未曾想出任何應付的辦法之際，唐娜和伊凡兩人，已經來到了我的身邊。這時，我反倒定下了神來。

他們向我走來，可能對我不利，這只不過是我的想像，事實是不是真的這樣，還不能夠加以肯定。

就算真是那樣，我如今是在絕對清醒的情形之下，我相信到了最後關頭，我也可以應付兩個孩子！

所以，我仍然維持原來的姿勢，一動也不動。他們兩人，來到了我的身邊之後，互望了一眼，像是有着某種默契一樣，一起伸出手，向我伸過來。

在那一剎間，我心中真是緊張到了極點，可是我卻又看得清清楚楚，他們兩人是空手的，兩隻胖嘟嘟的小手，在向我伸過來。雖然他們的行動惹人生疑，但是在這時，我的心中，不禁暗罵一聲自己卑鄙，怎麼會想到這樣的兩隻小手，會對我不利。

就在這時，他們兩人的手，已經摸到了我的睡袋，當他們的手按在睡袋上之際，突然發力，用力搖起我的睡袋來。

我在那一瞬間，完全明白了！唐娜和伊凡不是想作什麼，只是想將我搖醒，他們早就有和我接近的表示，但是每一次，都被他們的父母喝止，而這時，他們的父母不在，他們就商量着來將我搖醒，而我在他們向我走來之際，卻作出了如此可怕的想法！實在，他們的行動，和一般兒童，並沒有什麼分別！

我一想到這裏，心中又暗罵了自己一聲該死，立時裝出被他們搖醒的樣子，睜開眼來，望着他們。

兩個孩了一看到我醒了過來，就不再搖動睡袋，唐娜立時將一隻手指，伸進了口中吮着，望定了我：「先生，你是不是還請我們吃冰淇淋？」

我有點啼笑皆非，忙道：「現在我沒有，以後如果有機會，一定請你們！不但請你們吃冰淇淋，還請你們去迪士尼樂園玩！」

我真心誠意這樣說，因為可以帶一雙這樣可愛的孩子去迪士尼樂園玩，那真是賞心樂事！

但奇怪的事，唐娜和伊凡兩人，一聽得我這樣說之後，竟然瞪大了眼，又問道：「什麼是迪士尼樂園？」

我呆了一呆，望着他們。他們的神情，絕不像是在作偽。可是那實在是不可能的事情，這兩個孩子，竟然不知道什麼是迪士尼樂園！如果他們是在西藏騰格里湖旁長大的孩子，我就不會奇怪，但是他們，是隨着父母，在世界各地都停留過的孩子！

這樣的家庭，這樣的孩子，竟然不知道什麼是迪士尼樂園，簡直是令人難以相信的事情，其令人不可思議的程度，就像是美國的一個參議員，不知道有基辛格博士一樣！

我望着他們，一時之間，不知說什麼才好，唐娜又問道：「什麼叫迪士尼樂園？」

我吸了一口氣，拉開睡袋的拉鍊，坐起身來，以我的敘述能力，盡可能地向他們講述有關這個全世界兒童嚮往的「聖地」。我自信敘述能力不差，任何孩子，聽我講來，都應該眉飛色舞才對，可是我卻愈來愈覺得不對路，因為我愈是說得起勁，唐娜和伊凡兩人，臉色卻愈是陰沉。

他們決不是對我的敘述沒有興趣，他們是在用心地聽着。可是從他們的神情看來，我在敘述的，根本不是充滿歡樂的迪士尼樂園，而是正在講述一個極其悲慘的故事。他們兩人的眼中，不約而同，閃耀着淚花！

看到了這種情形，我實在沒有法子再說下去了！

我停了下來：「你們怎麼啦？不覺得那地方好玩？」

伊凡道：「太悲慘了！」

唐娜接着也道：「太可憐了！」

伊凡又道：「就像我們一樣，他們為什麼不逃走？」

唐娜道：「伊凡，爸、媽說過，不是誰都能逃出來的！」

伊凡大聲道：「等我有力量的時候，我要將他們全放出來！讓他們逃走！」

唐娜和伊凡的那幾句話，是一句接着一句的，我想插口，根本無法加得進口去。而事實上，我一聽得他們說「太悲慘」、「太可憐」的時候，我心頭已然受了極大的震動，而這種震動，愈聽下去愈甚。

我還無法確知他們兩人這樣說是什麼意思。但是我可以肯定一點：他們這種急速的講話，全然出自內心，沒有任何做作的成分！

在我心目中的兒童聖地，在他們的心目中，根本是一個悲慘之極的地方！為什麼他們的觀念，會和普通人有那麼遠的距離？

我又想起那個玩具推銷員李持中的話來：這一家人，有着「玩具恐懼症」！

真有「玩具恐懼症」這樣的心理毛病？看來事情不止這樣簡單，伊凡說「就像我們一樣」，那是什麼意思？他說「他們為什麼不逃」，又是什麼意思？

我心中疑惑到了極點，實在不知說什麼才好，只是怔怔地望着他們。

伊凡和唐娜又互望了一眼，伊凡才道：「對不起，我們不想到那地方去！」

這時候，我只是翻來覆去，在想着他們剛才那一番急速的談話，伊凡說些什麼，我也沒有注意，我只是突如其來地問道：「你們從哪裏逃出來的？」

陶格的一家在逃避，不然他們決不會在格陵蘭的冰下躲藏。他們在逃避什麼？何以兩個孩子會將他們的逃難，和迪士尼樂園聯想在一起？

他們是從哪裏逃來的，這一點，實在非弄清楚不可！所以我才陡地問了出來。

唐娜和伊凡聽得我這樣問，突然呆了一呆，我伸出手來抓住了他們兩人的手，神情懇切：「告訴我，你們從哪裏逃出來的？講給我聽，我可以對付你們的敵人，我們一起，力量可以大得多！」

我知道伊凡和唐娜雖然特殊，但他們的心理，卻和一般同年歲的兒童一樣。所以我這時，用容易打動孩子的心的話，和他們說着，想從他們的口中，套出一點現實情形來。

我的話說得很誠懇，顯然已令得他們心動。他們又互望了一眼，唐娜才道：「我們不知道我們從哪裏來！」

我立時望向伊凡，伊凡也搖着頭，我有點發急：「你們原來那地方，是怎麼生活的？你們住在哪裏？」

唐娜和伊凡仍然答不上來。這時，我想到了他們的年齡。據梅耶的調查，陶格夫婦是十年之前「突然出現」的，那麼，孩子應該還沒有出世。

可是，如果他們根本還沒有出世，他們何以對於逃避也有如此深刻的印象？看來那也不單是他們父母給他的影響！

我吸了一口氣：「你們不知道，你們的父母，一定向你們說過，他們是從哪裏來的？你們好好想一想，誰先想起來，誰本事大！」

唐娜立即叫起來：「我知道，我聽爸說過，他們，我們，通過了逆轉裝置逃出來，我們的運氣好，逃了出來，別的，運氣不好，逃不出來！」

我呆了一呆，「逆轉裝置」是什麼東西？這樣一個古怪的名詞，決不可能出於一個孩子的揑造。一定是真有這樣的一種裝置，只不過我對此一無所知。

我忙道：「為什麼要逃？」

伊凡苦着臉：「主人對我們不好！」

我呆了一呆：「主人？」

伊凡和唐娜一聽得我這樣問，都點了點頭，現出了害怕的神色，四面張望着，像是怕他們的「主人」忽然出現一樣。

我再吸了一口氣：「別怕，你們的主人是什麼人？或者說，你們的主人，是什麼樣子？」

這時候，我心中的疑惑，真是到了極點。唐娜和伊凡的話中，有着太多我不了解的事，但是我卻已經知道，自己快要接觸到事實了！

陶格一家逃出來，他們逃亡的目的，是因為「主人」對他們不好。一般來說，「主人」和奴隸相對，那麼難道說他們是什麼人的奴隸？和主人之間的主奴關係早已結束了，他們的主人，極可能不是人，而是另一種生物，所以我才改變了問題，問他們，「主人」是什麼樣子的！

唐娜現出了十分厭惡的神情來：「他們很小，醜陋得很，又壞！」

伊凡恨恨地道：「是，壞得很！」

我心頭怦怦亂跳，剎那之間，有一種天旋地轉的感覺，以致我一開口，聲音變得極其乾澀，令得我自己聽自己的聲音，也有一股極不舒服之感。

我道：「小到……這樣子？」

我一面說，一面用手比了一比，比出的大小，約莫是二十公分高。

我之所以比出了這樣一個高度，是由於我在那一剎間，想起了雪地上的那些「小腳印」。只有約莫二十公分高的人，才能留下這樣的小腳印！

當我比出這樣大小之際，我真希望他們兩人會大搖其頭，但是世事十之八九與願望相違，他們兩人一看到我的手勢，都連連點頭。

我的心向下沉，又道：「他們，是什麼樣子的？」

唐娜和伊凡兩人互望着，神情猶豫，我鼓勵着他們，道：「別怕，說出來。」

唐娜道：「我能畫出他們的樣子來！」

我想找紙和筆，但是一時之間卻找不到，唐娜卻不用紙筆，已經取下了她頭髮上的一隻髮夾，在平滑的冰上畫起來。

我目不轉睛地看着，唐娜畫出來的東西，當然線條簡單，可是我還是立時可以看得出來，她畫出來的，是一個小小的機器人！

那種機器人的形狀，和李持中推銷的那個玩具差不多！

我也立時想起，李持中說過，向陶格的一家推銷玩具，臨走時曾以這樣的一個小機器人作為贈品，卻發現了對方感到了極度驚駭！

我吞了一口口水：「就是這樣？」

唐娜點着頭，伊凡又在冰上畫了幾下，將唐娜所畫的變得更完善，也更可以使人可以肯定那是一個小機器人！

我不自覺地提高了聲音：「這是『主人』？這根本不是人！」

唐娜和伊凡兩人，不知道我為什麼突然尖叫了起來，嚇得齊齊後退了一步。

我自然不是存心嚇他們的，而是我心頭的震盪實在太甚了，不由自主叫了起來的。

我叫了一聲之後，又盯着唐娜：「你肯定？你肯定沒有畫錯？」

唐娜在我的逼問之下，神情驚惶，一扁嘴，幾乎要哭出來。就在我想將她摟在懷中安慰她之際，屏風後面，傳來了一陣腳步聲，陶格夫婦一起走了出來。

他們才一出現，唐娜立時奔向陶格夫人，陶格夫人抱住了她。陶格先生的臉色十分難看，向前走來，在我面前站定。

這時，我的處境真是尷尬之極，我雖然是被孩子推醒的，可是我卻利用孩子的幼稚，在他們的口中套取秘密，這無論如何不能說是品格高尚。是以，我不知說什麼才好，只是掙扎着，從睡袋中出來，站了起來。

陶格先生來到了我的面前，低頭看了看唐娜在冰上畫出來的小機器人，然後，又直視我，緩緩地道：「唐娜沒畫錯，他們大多數是這樣子的！」

我勉力使自己鎮定下來：「機器人？」

陶格閉上了眼睛一會：「是，機器人！」

我又道：「你在躲避的，就是這種小機器人？這……這……」

我在剎那之間，有一種又恐懼又滑稽的感覺。在這種感覺的侵襲之下，我不由自主笑了起來，可是我的笑聲，卻在發顫。

陶格先生還想說什麼，陶格夫人已經說道：「夠了！真的夠了！」

陶格先生轉過頭去，用一種極其深切的悲哀的目光望着她：「我們一直以為自己在逃，已經逃出來了，可是如今事實證明，我們根本沒有逃出來，在這樣的情形下，沒有什麼更可怕了！」

陶格夫人發出了一下如同抽噎的聲音，沒有再說下去。

我忙道：「如果作怪的是這樣的小機器人，我敢說他們在格陵蘭的冰原上，我在行駛中的雪橇突然翻側，是他們的把戲！」

陶格先生轉過頭來，望着我，眼中的悲哀神色更甚，他緩緩地搖着頭：「是的，你是一個標準的E型。」

我呆了一呆，「標準的E型」是什麼意思？我不懂。但我立即聯想起陶格先生的名字，如果直譯的話，就是「C型」，這種分型法，究竟是什麼意思？

我道：「什麼叫作標準的E型？」

陶格並沒有立即回答我，只是神情難過地搖着頭，我的心裏，突然起了一陣異樣的衝動：「我是E型？你是C型？」

陶格陡地震動了一下，剎那之間，他臉上漲得通紅，但是一下子又變得煞白，緩緩點了點頭：「是的，我是C型，我們一家，全是C型！」

我呆了片刻，道：「這種分型法，是……」

陶格道：「是他們分的。」

我提高了聲音：「『他們』就是這種小機器人？」

陶格的神情，像是疲倦得完全不想説什麼話，只是點了點頭。

我那種又好笑、又恐懼的感覺，重又升起，乾笑了幾聲：「這算什麼，只聽説過人替機器分類型，從沒聽説過機器替人分型！」

陶格不出聲，只是怔怔地望着我，我一時之間，也不知該説什麼才好，冰下室中，重又一片寂靜。在一片寂靜之中，突然傳來唐娜清脆的童音：「媽，這位先生説，有一個叫作迪士尼樂園的可怕地方，那地方……」

當唐娜的聲音傳來之際，我向她望過去，看到唐娜是仰着頭在對她的母親説話，但是她話還沒有講完，陶格夫人就用手掩住了她的口，同時，用責備的眼光，向我望了過來！

只是她的眼神之中只有責備，或許我不會感到什麼內疚，因為我並不知道世人心目中的樂園，在他們看來，會是「可怖的地方」。但是，在陶格夫人的目光之中，卻還蘊有一種極其深刻的悲哀，那種眼色，令我心向下沉，覺得極難過。

陶格夫人是這樣的一個美人，這樣的美人，這樣悲哀的眼神，令人十分心折。

我歎了一聲：「我不是有意的，我的確想帶他們到那裏去玩，那裏是全世界孩子都嚮往一遊的地方！」

陶格夫人沒有說什麼，只是幽幽地歎了一口氣，拍着唐娜的頭：「伊凡，過來！」

等到伊凡也來到她身前之際，她道：「你們聽着，現在，去睡，不許再來打擾客人，聽到了沒有？」

唐娜和伊凡齊聲答應道：「聽到了！」

陶格夫人鬆開了手，唐娜和伊凡，一起轉到了屏風的後面，沒有再發出什麼聲響來。

這使我想到，在屏風後面，可能另有通道，通向一間更隱秘的密室。我並不想去證實這一點，因為我發現，我的出現，使得本來生活在恐懼中的陶格夫婦，更加不安，那實在不是我的本心，我想幫助他們。

兩個孩子離開之後，陶格夫婦緊靠在一起，在一個墊子上坐了下來，望着我，又互望着，陶格夫人先開口，道：「衛先生已經知道很多了！」

陶格先生歎了一聲，我道：「不是很多，唐娜說，你們是通過了一個什麼

『逆轉裝置』來的，可是我完全不明白那是什麼！」

陶格先生的神情，在我說這兩句話之際，出現了一個短暫時間的激動，但隨即平靜下來。看他平靜得如此迅速的樣子，像是他的心中已經有所決定，是一副什麼都不在乎了的神情。

他道：「我向你很簡單地解釋一下，你就可以明白，這並不複雜。」

我吸了一口氣，看來，陶格已準備對我講出他的秘密了！這正是我多少日子來所想的事，我立時全神貫注，聽他的解釋。

陶格略停了停，道：「所謂『逆轉裝置』，就是令電子運行方向逆轉的一種裝置。」

我皺起了眉，陶格的話我聽得很清楚，可是我不明白。我自然知道「電子運行的方向」是怎麼一回事。可以將電子運行的方向逆轉？這種大膽的設想，從來也不知道有人提出過，甚至這種想法，也未見諸任何科學文獻之中，這使我不知所對。

第八部

成了俘虜

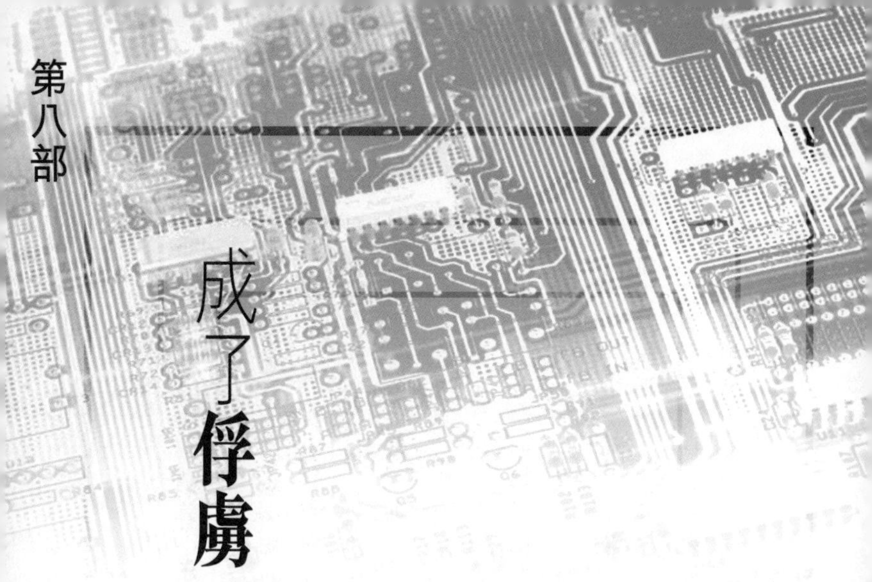

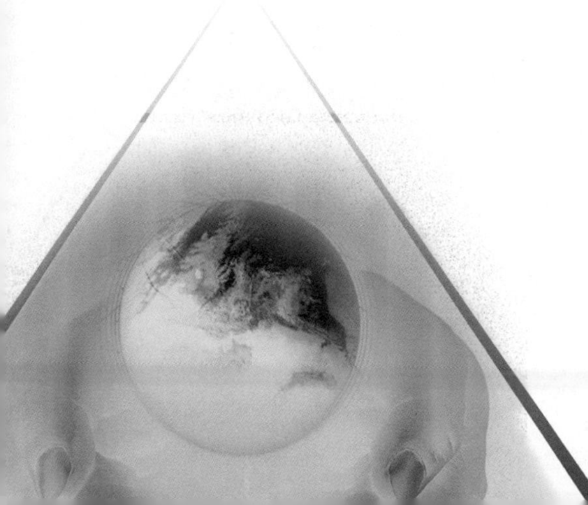

世上所有的物質，皆由分子組成，分子由原子組成，原子的結構是電子以一個固定的方向，繞着中心旋轉。

例如，氫的原子結構，是由一個發陰電的電子，以固定的方向，繞着一個中性或帶陽電的中子來旋轉。這已經有了科學定論。

而世上之所以有各種各樣不同的元素，物質，其最初的決定因素，就是電子和電子層的結構，再決定這個物質的形態、性質。

再例如，最普通的水，是兩個氫原子，一個氧原子所組成的。而這兩個氫原子、一個氧原子的電子層結構，是電子繞着中子的固定的方向旋轉。

如果電子旋轉的方向逆轉了，原子的質量、重量、電極，都不會有任何改變。但是，方向逆轉的兩個氫原子和一個氧原子，是不是仍能組成水？還是變成別的東西？如果是水，那應該是什麼樣的水？

我在剎那之間，只覺得自己的頭部實在太小，小到無法容下這麼多想像，因而有一種脹裂的感覺。

在我沉思之間，陶格先生並不曾打斷我的思路，直到我又向他望去，而我相信我的神情正極度迷惘，他才道：「我相信你明白電子運行方向這回事？」

我開了口，在我聽來，我自己的聲音，像是來自極遙遠的地方，我說道：「是的，我明白。」

我在講了這三個字之後，立時又道：「可是我不明白，電子運行方向逆轉？這究竟是怎麼一回事，是誰作出這種史無前例的假設的？」

陶格道：「不是假設，早已有這種逆轉力量了！」

我的呼吸不由自主，變得十分急促：「早已有這種逆轉力量？請問，如果將組成水的氫原子和氧原子的電子運行方向逆轉，那麼，組成的是什麼？」

陶格的回答很平靜，和我的激動相反，他道：「還是水。水，還是水！」

我怔了片刻，道：「一樣，不變？」

陶格道：「外形完全不變！」

我喉際發出了「咯」地一聲響：「變的是什麼？」

陶格道：「是性質！」

我幾乎是尖聲叫出來的：「變成什麼樣子？」

陶格道：「相反。」

陶格的回答，每一次都極簡單，可是他的簡單的答案，給我心頭的衝擊，力量卻是大得出奇，以致我不由自主喘息起來。

我又疾聲道：「性質相反？這是什麼意思？水就是水，熱到一定程度會變氣體，冰到一定程度，會結成固體。」

陶格點頭道：「是，可是相反！」

我實在有點忍無可忍，我直跳了起來，我已經完全明白了他的意思，可是我卻絕對無法接受。我在跳了起來之後，幾乎是在嚷叫，以致冰下室的冰壁之上，響起了輕微的「嗡嗡」迴響，我道：「你想使我了解，世上有一種水，熱了反而會結冰，冷了反而會變氣體？」

陶格這一次，乾脆連簡單的回答都不給我，只是望着我，點着頭。

我突然哈哈大笑起來，揮着手：「你會有這種怪念頭，我很佩服，佩服之至，不過你要使我相信，我看還做不到！」

陶格夫人這時開口了，她道：「他不是想令你相信，他只是要你明白，『逆轉裝置』是怎麼一回事。」

我奔向一面冰壁，將自己的臉，貼向晶瑩的冰。這樣做，本來是很不智的，因為冰下室的氣溫也十分低，我將臉貼向冰壁，可能在移開之際，寒冰會將我臉上的皮膚，黏下一層來。

但是我實在太需要清醒一下了，我已顧不了那麼多，所以我將臉貼了上去，我立時感到一陣冰凍滲入，那的確使我神志清醒不少。

陶格和夫人一起驚叫道：「快挪開！」

我這時，由於極度的迷惑和激動，使我的體溫提高，甚至全身在冒汗，由於這個緣故，我臉貼上去之處，冰室被我溶化了少許，聽得陶格夫婦這樣一喝，我忙移開了身子，不少水珠，沾在我的臉上，在我臉一移開之後，水珠立時又變成了冰，我伸手在臉上一摸，摸下了很多冰屑。

冰屑在我手中，又溶化成為水珠，我喃喃地道：「一種熱了會結冰的水！」

陶格道：「如果水的組成分子，原子中的電子行進方向，一直以來都是相反的話，那麼，熱了會結冰的水，就像現在冷了會結冰的一樣天經地義！」我呆了一呆，將手中的冰珠在身上抹去。陶格的話發人深省，如果亙古以來，水的性質就是熱了會結冰，冷了會變汽，那麼，還不是和現在一樣？

我雖然想到了這一點，但是一想到熱辣辣、燙手的冰，還是有極度的不可思議之感。我那種感覺，一定反映在臉上，所以使陶格看穿了我的心意。他又道：「所謂冷、熱，只不過是反映感覺的一個字。如果人類的祖先在創造語言之際，將冷和熱掉過來，還不是一樣！」

我愈想愈覺得腦中混亂，決定不去想它。因為陶格用水來作例子，只不過是想說明那個「逆轉裝置」是怎麼樣的一回事而已。事實上，水是冷了結冰，還是熱了結冰，和他的經歷，和我所要解開的謎，沒有關係。

我說道：「好，這不必討論了，那個電子運行方向逆轉裝置，是什麼玩意？如何可以幫你們逃出來？你們又是從哪裏逃出來的？」

我接連提了三個問題，後兩個問題，已經直接接觸到了問題的核心。我估計陶格會回答這兩個問題相當困難。我也沒有期待他的立刻回答。

果然，陶格的臉上，現出極度猶豫的神色來，他用手用力撫着臉。我等了他一會，才道：「你遲早要告訴我，而且，你已經決定要告訴我，你還猶豫什麼？」

陶格向他的妻子望了一眼，兩人看起來，都像是下了最大的決心，陶格毅然說道：「好的，我們……我們這一家人，來自一個……」

陶格講到這裏，我的精神，真是緊張到了極點，因為近一年多來，縈迴在我心中的謎團，終於可以揭開了！

可是，陶格才講到這裏，陡地停了下來，剎那之間，他的神情變得如此驚恐，令我也感到了那種恐懼。他臉上的肌肉，不住簌簌地發抖，而且抬頭，向上面看去，我不由自主，跟着他抬頭向上望去，一望之下，我也不禁大吃一驚。

只見在冰下室的頂上，就在我跌下來的那個「活門」的位置上，極其迅速地出現了一個小洞，那個小洞，好像是被一股極其灼熱的射線射出來的，只不過五厘米直徑，在小洞旁邊的冰，正在溶化，向下滴來，形成一條細小的冰柱。

在我還未明白究竟發生了什麼事之際，陶格已發出了一聲慘叫：「快帶孩子躲下去！」

以後，接下來的一切，全是在極短的時間內發生的，而變故來得如此突然，以致我根本無法確切知道究竟發生了什麼事。也無法去留意陶格和他的家人，在那一剎間，做了些什麼。

我只是抬頭一看，正驚詫於何以冰下室的頂上，忽然會出現一個小孔間，那個小孔已經穿了，看來是從上面的冰層上，穿透了陶格所布置的裝置直穿下來的。因為這個小孔一穿，我就聽到了冰原上傳來極其洪厲的風聲。我在跌下來之際，曾經留意到，我是穿過了一個相當厚的金屬蓋才落下來的，在那一剎間，我根本沒有時間去想，究竟是什麼力量，可以使得金屬蓋和相當厚的冰層洞穿。

因為在我一看到小孔出現之際，一股極強的光線，已然電射而下。

一直到很久之後，我還是說不出那股光線的顏色來，我無法形容得出那是什麼光線，只是在當時的感覺上，那是一股強光，有着極其絢麗色彩的一股強光！

任何人，遇上了這樣的強光當頭罩下來，最自然的反應，就是用手遮住眼睛。在那時，我的動作也是一樣，揚起了手來。可是我才一揚手，那束強光，就像是什麼實物一樣，緊緊束住了我的手腕，同時，身子竟被向上提起，雙腳懸空！

我心頭的吃驚，難以形容，當時，我可能大叫一聲，也可能沒有叫，總之，身子在迅速向上升，我可以肯定，向上升的力量，就是那股束住了手腕的強光。

那股強光，竟像是一股七彩絢麗，會發光的繩子，束住了我的手腕，將我提向上！

我竭力掙扎着，但是一點用也沒有，我想向陶格求援，但是沒有機會看到冰下室中的情形了，又一股強光疾射而來，直射向我的面門。

那股強光一照到了我的臉上，我變得什麼也看不見，同時也喪失了知覺。

在我喪失了知覺之後，又曾發生了一些什麼事，當然無法知道，也不知道自己究竟喪失了知覺多久，當我又開始有感覺時，只覺得全身有一種異樣的刺痛。一開始，還不知道這種刺痛由什麼造成，但是立時覺察這是寒冷。寒冷令我感到全身刺痛！

我一面迅速地使自己神志回復清醒，一面睜開眼來。

當我睜開眼來之後，我真正呆住了！一生之中，曾遇到極多怪事，但是卻從來也未曾有過這樣的經歷！我根本無法相信自己的眼睛，一看之下，以為一定神志還未復甦，那是可怕的噩夢！所以，立時又閉上了眼睛！

但是，當我閉上眼睛之後，我又在心中告訴自己，不是噩夢，是事實！

雖然難以相信，但是，那是事實！

我再度睜開眼來。果然那不是夢境！我在離冰雪大約只有一公尺的高度處，平躺着，迅速地在向前飛行。我飛行的速度極高，而冰原上的烈風，還在繼續着，所吹起的積雪，像排山倒海也似，向我壓過來，可是卻又沾不到我的身上。在我身上的四周圍，有一股柔和、淺黃色的光芒籠罩着。

這種光芒，看來和電力不足的電燈差不多，卻像保護罩一樣，將我的身子罩在其中，積雪挾着烈風，就在那種柔和光芒之外，紛紛散開，一點也沾不到我的身上！

單是這樣的情景，還不足以使我以為身在噩夢，更令我全身僵硬的是，在迅速「飛行」着的我，一絲不掛，赤身露體！

這真是荒誕到了極點的事！

是誰將我全身的衣物全都取走的？我根本無暇去想，我看清楚了自己的情形，而且肯定了那不是夢之後，立即想到了梅耶和齊賓。他們兩人，赤身露體死在冰原上！

包圍在我身邊的那種黃色光芒，可能有一定保溫作用，使得我和嚴寒的空氣隔絕，暫時可以支持下去。

本來，我以為命在頃刻，所以腦中一片空白，這時略為定下神來。第一樁要弄清楚的事，是我何以會這樣平平地迎着風力強大的冰原烈風向前飛行。

我試圖移動手、足，但是好像全被什麼東住了，連頭也不能轉動。我看不出有什麼東西在束縛着我，只好假設，那團長方形，籠罩着我的光芒，是一團實質，而我就被嵌在當中，情形和昆蟲被嵌在松脂之中一樣。

我看到在包裹着我的那團光芒的一頭一尾，另外各有一股光束，斜伸向上，在那兩股約有一公尺長短的光束盡頭，聯絡着兩個小小的黑點。

由於烈風吹着積雪，成團的積雪飛舞，所以一開始，我看不清楚那兩個黑點是什麼東西。但當我用心注視，終於看清楚了！

那不是什麼黑點！而是兩個約有二十公分高的小機器人！

那種小機器人的形狀，和唐娜在冰上畫出來的，極其相似！我同時也看清，光束自他們的一隻手上射出來，包圍我的光芒，也由光束化開來而形成，那兩個小機器人，正放出一團光芒，將一絲不掛的我包圍着，帶着我在迅速向前飛！

那種小機器人！

那種小機器人，就是陶格一家逃避的目標，也就是陶格口中的「他們」！

那究竟是什麼東西！是哪一個空間裏來的怪物？現在他們又準備將我怎麼樣？

我心中真是亂到了極點，不由自主，陡地張口，大叫起來。我的叫聲，聽來十分沉鬱，像是被什麼東西阻住了！

我不管「他們」是不是聽得到我的叫聲，只是不斷叫着。突然，飛行停止了，在急速的飛行中突然停頓，使我登時氣血上湧，極其難過。

一停下來，我的身子就向下落，同時，身外的那團光芒也消失。大團積雪挾着烈風，立時襲來，那種極度的寒冷，也幾乎令我立時閉過氣去。

風雪瀰漫，根本無法看到任何東西，不知道那兩個小機器人到了何處。我想到：沒有了那團光芒的保護，一定要死了，在臨死之前，一定要盡力掙扎。

或許，我只能掙扎十秒鐘，或者，二十秒，但是我必須竭力掙扎。

我咬緊牙關，全身麻木，但是，居然給我挺直了身子。可是，強風立時將我吹倒，順着風向外滾去。

我將自己估計得太高了，以為可以掙扎十秒二十秒，但實際上，怕只有五秒鐘的時間，就再度喪失了知覺。

這一次，在我又喪失知覺之前，我拚命在揮舞着雙手，可以看到雙手在揮動着的時候，突然僵在半空！

毫無疑問，我非凍死在冰原上不可，我甚至已期待着靈魂上升。

可是，不知過了多久，我又有了知覺。首先恢復的是聽覺。聽到一連串有規律的、長短不同的「滋滋」聲，像是有人在打電報。接着，全身那種刺痛又來了，我並不是不能忍受痛苦的人，可是這時，我卻忍不住大聲呻吟起來。

一面呻吟，一面張開眼，我發現在一個冰洞中。那冰洞相當深，像是在冰原上挖出來的一口井，那團光芒又包圍了我，向上看去，冰洞的口子離我大約有二十公尺，強風還在繼續着，由於風力強，口子小，所以在烈風捲過之際，並沒有多少積雪落下來。

我躺着，身在那團光芒之中，不能動彈，我又看到了那兩個小機器人，「他們」在我上面，懸空，行動迅速而自如，在飛來飛去，不斷發出「滋滋」的聲響。

從他們的行動看來，他們像是正在觀察我，我大聲叫了起來：「帶我去見你們的主人！」

我這樣叫，是我以為，這兩個小機器人，只不過機器人。機器人，一定由人製造出來的，和機器人無法打交道，我需要見製造他們的人。

我叫了幾次，這兩個小機器人中的一個，心口突然射出一股光芒，那股光芒很細，射向我的心口，恰好是在我的心臟部位。

我陡地震了一震，那股光線，並沒有殺傷力，射到了我的身上，一點感覺也沒有。或者，是我根本麻木得失去了知覺。

那股光芒立時縮了回去，接着，又是一陣「滋滋」的聲響，小機器人的頭部轉動着，看來像是兩個小機器人，正在商量什麼。

當我想到這一點的時候，我不禁有極滑稽的感覺，我竟落在這樣兩個小機器人的手中，任由他們擺布而毫無辦法！

看來我全然不是對手，我和他們之間力量的對比，猶如一個人和一隻螞蟻！我根本不知道那團黃色的光芒是怎麼一回事，而我在那團光芒的籠罩之下，簡直就像是嵌在實質中一樣，一動也不能動！

我還想再叫，可是就在這時，籠罩住我的那團光芒，黃色，在漸漸加濃。隨着這種變化，我身上的刺痛，在漸漸減輕，在極短的時間內，甚至有了溫暖的感覺。

這時候，我心中真是驚訝到了極點！

當我上一次醒過來，發現自己在黃色的光芒中「飛行」之際，我已肯定那團光芒，有着保溫的作用。但是我決無法想像，這團光芒，竟然還可以調節溫度！原來的溫度太低了，使我感到刺痛和寒冷，現在，我雖然身在冰洞之中，但是黃色加濃之後，居然如身在春天的陽光之下一樣！

雖然我知道自己這時的處境，仍然極其不妙，但是至少已沒有了痛苦，我長長地吁了一口氣，決定靜以觀變。

在黃色加濃之後，那團光芒的透明度已大不如前，所以我通過光芒看出去，那兩個小機器人，也不再那麼清楚。不過仍然可以看到他們在移動。

大約十分鐘左右，忽然感到身子在向下沉，大約沉了二十公尺左右才停止，耳際仍然不斷聽到「滋滋」的聲響，像是那兩個小機器人，還在不斷地互相交談，而且是一種很焦急的交談。

我實在不知道該怎麼好，我又大叫了幾聲，叫的，全是些沒有意義的話，例如「給我衣服」、「你們究竟是什麼人」之類。我明知我不能和這兩個小機器人交談，可是除了這些話之外，實在不知道該說些什麼才好。

在我不斷呼叫之間，突然，那兩個小機器人，穿過了黃光，落到了我的胸膛之上。

他們停在我心口，頭部轉動，有幾點光點，不斷在閃動着，「滋滋」聲也愈來愈急促，在他們的身體各處，都有其細如線的光芒射出來，射在我的身上，這種光線，射在我的身上，又一點感覺都沒有。

在那一剎間，我的心中，陡地興起了一個極其荒誕的念頭，由於這兩個小機器人的行動十分快疾，他們給人以「活」的感覺。

這種「活」的感覺是如此之強烈，以致在剎那之間，這兩個小機器人，在我看來，他們根本不是機器人，而是有着機器人外形的一種生物！

同時，我也感覺到，他們發出來的那種「滋滋」聲，是他們正在交談，而自他們身上射出的那些閃耀不停的光線，是他們正在觀察我、檢驗我！

我又進一步地感到，從兩個小機器人的動作看來，十足就是兩個捉到了什麼不知名小動物的兒童，他們正在商量着用什麼方法來飼養這小動物！

而我，就是這個小動物！

我注視着他們，他們繞着我的身子飛行了一陣之後，陡地飛到了我的頭上，又是兩股光線射來，我並不感到痛苦，當那種光線射向我的頭部，就極度困倦。

通常，每個人都會有這種困倦感，在進入沉酣的夢鄉前的一剎那，這種感覺有時可以維持數分鐘之久，而這時我所感到的，卻不過是十分之一秒！

在那極短的一剎間，我完全明白了齊賓和梅耶兩人的死因。他們兩人，一定在同樣的情形下冷死，他們死了之後，屍體就被棄在冰原之上。

我想到了梅耶和齊賓的死因，卻不感到恐懼，原因說起來很滑稽，而且十分荒謬，但人到了一籌莫展之際，總會想些荒謬的理由來安慰自己。

我所想到的是：我是被人捉住了的「小動物」，齊賓和梅耶，可能是那兩個小機器人的第一次捕獲物，兩個人死了，我是他們的第二次捕獲物，他們應該有點經驗，不致於再將我弄死！

這情形，像是兒童第一次捉到了一隻螳螂，不知道如何飼養，很容易死去，但當兒童第二次捉到螳螂之後，當然會變得有經驗！

一直到以後很久，我仍然覺得這種想法滑稽絕倫，但是這種想法卻有一大半對！我能不死在冰原上，正由於此！另一半的原因，是我受過嚴格的中國武術訓練，耐寒能力遠在齊賓和梅耶之上！

我三度失去知覺，又過了不知多久，才醒了過來。我不急於睜開眼來，因為覺得暖洋洋地，十分舒服。

而這種溫暖的感覺，像是來自什麼柔軟東西的掩遮，說得明白一點，我的身上，蓋着一張毯子。

在我的冒險生活中，接連三次不省人事，而且連任何反抗的機會都沒有，真是不可想像。為了不想讓「對方」知道我已經醒了，所以仍然不動，慢慢地睜開眼來。

我在一個箱子之中，箱中有着微弱的光芒，那些微弱的光芒，足可以使我辨認出，箱子金屬製成。我身上裹着一條毯子。

可以供人躺着的長方形的箱子，使任何人立即聯想起棺材，我立時伸手向上頂去，想將這個箱子的蓋頂開來。

可是不論我如何用力，一點用處也沒有，仍然是在這個箱子之中，我開始轉動身子，身上仍沒有穿上衣服，用腳撐向上面，希望可以撐開一點空隙，但一樣沒有用。

在那個金屬箱子之內，我足足忙了有十來分鐘，滿頭大汗，一點結果也沒有。這實在是駭人之極，我是不是被活埋了？在一口金屬棺材之中，已經被埋到了冰原之下？

一想到這一點，我膽子再大，也忍不住呼吸急促。但是我立時又知道，至少暫時生命不成問題。在體積這樣小的箱子中，應該呼吸不暢順，但這時，我吸進的是極其純淨的空氣，當我大口大口呼吸着箱子中的空氣之際，甚至有身心舒暢之感。

我嘗試叫了兩聲，沒有反應，明知掙扎沒有用處，我也躺着不再動，以節省體力。

我的肚子開始飢餓，口開始渴，而且我全然不知道自己置身何處，結果會如何，這令人極其焦慮。

靜待了半小時，我聽到了一陣聲響，箱蓋漸漸向外移開，箱蓋由頭部向腳部移，所以，移開了一半，我已經可以從那箱子中坐起來。

一坐起來，外面的情形，自然看得清清楚楚，我不在冰原上了！

我處身在一個極大的空間。這個空間，或者可以說是一間房間，但我以前從來也未曾見過這樣大的房間，甚至用「寬廣的大廳」來形容，也不足以說明這間房間之大。它的每一邊，至少有八十公尺，可是相當低矮，大約只有三公尺高，房間的一角，有着間隔，由於我只是坐着，所以我看不清那兩公尺高的「牆」後面，有什麼東西在。

「房間」的另一半，是草地，還有一個相當大的水池，和一些普通高級住屋中的設施，還有滑梯、鞦韆架等東西，向上看，上面是一片銀灰色，看來像是半透明，也不知是什麼東西。

我心中的疑惑，真是到了極點！這是在什麼地方？這樣大的一間房間，又算是什麼？

我一面想，一面將毯子裹在身上，離開了那金屬箱子，一時之間，不知如何才好，先走向那幅草地。那是真正的草地，柔軟而有着青草的芳香，在草地的邊緣，是一片相當美麗的花，種得很整齊。

我在草地呆立了一會，轉過身來，看看那一列兩公尺高的「牆」，這時，我突然感到，如果將一幢連着花園的房子，放進這間「房間」之中，那麼，布置、方位、格局，就應該像如今這樣。在那些「牆」後面，應該是屋子才是！

我一想到了這點，立時大聲問道：「有人麼？」

連問了幾聲，沒有回答，我向前走去，來到了「牆」前，果然發現了一道門，推開門，我更加怔呆了。

門內，是一個客廳，有着十分高雅的陳設，我又問了一聲：「有人麼？」一面問，一面走進去，客廳中，甚至有柔軟的持毯。

穿過了客廳，看到臥房、浴室、廚房，應有盡有，毫無疑問，那是一層標準設施的房子！可是，它的牆一律只有兩公尺高，而且，整體房子和外面的水池、園地，在一間極大的「房間」中！

我在一張沙發上坐下來，不住地用拳頭敲打着自己的頭部，想弄清楚那究竟是怎麼一回事，可是一點結果也沒有，完全無法想像。

我再一次巡視，毫無疑問，那是極其舒適的屋子。世界上能夠享受到這樣屋子的人並不多。

這間房子的主人又是什麼人？我心中充滿了疑問。我一直裹着毯子在走來走去，但當我無意之間，拉開這室中的一個櫃子之際，我又呆了一呆，櫃子中有着許多衣服！

衣服，是和普通的情形一樣，掛在衣架上，再掛在櫃子中。打開櫃子，看到很多掛着的衣服，這本來是一種極其普通的情形，可是我這時，看着這種普通的情景，卻起了一種極其妖異恐怖之感。

那些衣服的顏色，全都鮮艷絕倫，簡直是七彩繽紛，再加上金、銀的閃光。所有的衣服用閃光料子做成，看得令人目眩。

我呆了好一會，才有勇氣伸手去摸那些衣服，衣服的料子，很柔軟舒服，那些衣服雖然怪異，但比起裹着毯子來，總要好一點，所以我揀了一件閃亮的淺黃色而有黑條紋的連衫袴，又在衣櫃的抽屜中，找到了一樣顏色艷麗的內衣袴和襪子，也找到了一雙有着閃亮銅釘的靴子，穿起來之後，在房中的一面鏡子上一照，如果不是我的處境如此令我迷惑，以致內心有一股莫名的恐懼蘊藏着，我一定會哈哈大笑起來。

我這時的樣子，簡直是滑稽到了極點，任何馬戲班中的小丑，都比不上我！

我又感到飢餓，屋子中既然有衣服，也應該有食物，所以我到了廚房。果然，極現代化的廚房之中，各種食物應有盡有，而且還有着各種炊具。正當我懷疑這些炊具是不是可以應用之際，我順手按下了一個掣，一個爐灶上面，就冒起了一團藍色的火焰。

看到了火，我不禁發出了一下歡呼聲，不到半小時，我為自己弄了一分極其豐富的食物，包括一塊鮮嫩的牛肉和兩隻足有二十公分長的大蝦。而且，還有一瓶十分美味的酒來佐餐。

吃完了這餐飯，我想知道是什麼時間，這才發現這間「屋子」之中，根本沒有任何標誌時間的東西，沒有鐘，沒有錶，什麼也沒有。而我的手錶，早在我在冰原上變得赤身露體之際，已經不見了。

我又花了一點時間，巡視「屋子」，然後，又走了出去，在草地上停了片刻，在那個水池邊坐了一會，四周圍極靜，我大聲叫了片刻，沒有回音。我想弄清楚那種柔和的光線是從哪裏來的，也沒有結果。

頂上，一片銀白色，由於不是十分高，我攀上鞦韆架，伸手就可以摸到頂，摸上去，那是一種觸摸到了毛玻璃的感覺。用手敲上去，發出拍拍的聲響。

我自信有十分敏銳的判斷力，但如今，我處身在什麼地方，完全無法知道。

第九部

我是他們的玩具

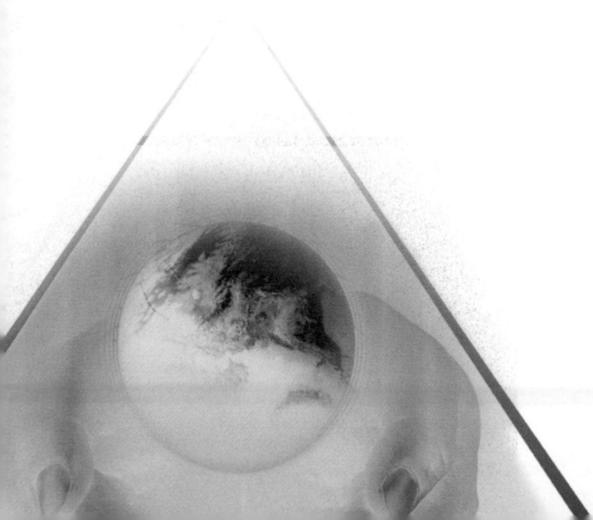

在接下來的時間中，我曾用盡方法想離開這個「大房間」的範圍，但是一點結果也沒有。我不知道過了多久，大約總是三四天，我用來判別時間的方法是由飽到飢餓，大約有八次之多，那可能是三四天時間了。

廚房中的食物漸漸減少，我估計還可以維持兩次到三次。在這一長段時間中，我心中的疑惑、怪異，真是難以形容。我相信精神稍為脆弱一點的人，一定會變成瘋子！

我開始感到，我正在受着一種禁閉。但這是什麼樣形式的禁閉？生活不能說不舒服，在食物未曾用完之前，我除了吃飽了睡之外，根本不必擔心其他的任何事。

但是這種怪異莫名的，與世隔絕的禁閉，可以令人瘋狂！

我躺在草地上，竭力在設想：禁閉我的是什麼人？是那兩個小機器人？他們從哪裏來？何以他們會有這樣的力量？

正當我在這樣想的時候，突然，我聽到「拍」地一下聲響。

這是我處身在這樣一個環境之後，第一次聽到不是由我所發出來的聲音。所以儘管聲音不大，我還是直跳了起來，向聲音傳來的地方看去。

聲音是從「大房間」的頂上傳來的，當我循聲看去之際，那個頂，看上去銀白色，摸上去像是玻璃一樣，敲上去，也是「拍拍」的聲響，無論從哪一方面去感覺它，都是一種固體。可是這時，我卻看到了這種固體在「溶」開來。或許，「溶開來」不是很好的形容，應該說，那個「頂」像是一團雲一樣，密度很稀，正有東西自它的上面擠進來。

擠進來的，是一個木箱，大小如我們常見的蘋果箱，上面有一根鍊子吊着，木箱晃着，向下垂來。

一看到這樣的情形，我大叫了起來：「你們是什麼人？將我關在這裏，是什麼意思？」

我一面叫着，一面向前疾奔而出。

在這段時間中，我對於矮牆內「屋子」的間隔，已經十分熟悉，一看就可以看出，那個木箱，垂向「屋子」的廚房，所以我一面叫着，一面直奔向廚房去。

當我奔進廚房時，那隻木箱，已經落到了地上，吊木箱下來的那條鍊子，連着一隻鈎子，正在向上縮回去，我大叫一聲，一躍向前，想去抓住那個鈎子。鈎子正在向上伸，如果我抓住了它，就可以連我帶出去了。

可是我的動作雖然快，鍊子上升的速度更快，我一躍而起，鍊子「刷」地向上縮，我竟沒有抓到！

我抬頭向上看去，鈎子已經自頂上沒入不見，我像瘋了一樣，立時搬過了張桌子，跳上去，用手去按那個「頂」，但是，「頂」是實質的，我又跳下來，抓起一張椅子，再跳上去，用椅子砸着那個「頂」，可是直到椅子砸得碎裂了開來，「頂」上卻一點碎裂的痕迹都沒有！

我在桌上，慢慢蹲了下來，心中有說不出的怒意，大叫着，跳了下來，推翻桌子，一腳向那木箱踢去，木箱被我踢開，首先滾出來的，是七八隻又紅又大的蘋果。我呆了一呆，再向箱子看去，滿滿一箱，全是各種食物。

在廚房中，發現有食物，當然揀我喜歡吃的來煮食，這時，廚房中原來的食物，被我消耗了一大半，而在木箱中的食物，全是我首先弄來吃的那幾種，牛肉、大蝦等。

在那一剎間，只覺得心向下直沉，全身冰涼，抬頭看看「頂」，身子在不由自主發着抖。

本來，我對於自己的處境，雖然覺得極其不妙，但是我只當自己一個人獨處，從來也未曾想到會有人在監視着我。

可是這時，當我抬頭向上，隱約感到，不知道有多少眼睛，透過那個「頂」在看着我！這種感覺，令我全身發毛，直冒冷汗！

我當然無法看到真有什麼人在盯着我看，可是那箱食物，在我喜愛吃的東西吃完之後，立時又有一箱送了進來，要不是有什麼人一直在注視着，怎麼會有這樣的情形出現？

一有了這種想法，心頭的恐懼難以形容！我現在算是什麼？穿着閃亮發光，顏色艷麗的衣服，在一間屋子裏走來走去，屋子外面是一塊空地，可以供我活動，我完全出不去，如今的情形，和一隻關在籠子的小動物，有什麼不同？

我被人禁閉着，我被人「養」着，那情形，和孩子飼養小動物作為玩具一樣！

我現在就是玩具！

這或許正是為什麼所有的衣服全都那樣豔麗奪目的原因，誰都希望自己的玩具好看些！

在那一剎間，我也想起了陶格的話：「從來人就用美好的形象來製造玩具！」

我也記得當時，陶格夫人在聽到了這一句沒有意義的話之後所受的震動！我當時不明白，但是我現在明白了，只有在被當作是玩具之後，才能體會到玩具的心情！

陶格夫婦、唐娜和伊凡，他們一家，一定曾有過和我同樣的經歷，他們一定也曾被人當作玩具來飼養過，所以他們才會對玩具產生這樣的恐懼、厭惡心理！所以才會將迪士尼樂園，稱為「可怕的地方」！

我一面迅速地想着，一面喉間不住發出「咯咯」的聲響來，我衝出廚房，衝進客廳，在客廳上，有一列書架，架上有不少書本，那些書本，我連碰也未曾碰過，因為我以為那是一些陳列品而已。但這時，我卻想到了陶格先生豐富的學識，這種學識，不可能與生俱來的，他一定是通過了什麼學來的，能使人得到學問的東西，當然是書！

我在書架前站定，才發現架子上的書本，種類極其豐富，如果我要將之全部看完，只怕至少要三年時間，我其實毫無目的，我根本不知道自己為什麼要這樣做，我將架上的書，一大疊一大疊撥下來，任由它們散落在地上，然後，我甚至將整個書架，推倒在地，我開始破壞屋子中的陳設，直到我幾乎都無法找到地方站立為止。

我這樣做，是潛意識的一種反抗。我覺得自己在過去幾天之中太順從了，我要製造一些麻煩，就像麻雀被頑童抓住了關在籠中的時候，要不斷飛撲反抗！

我喘着氣，想從客廳進入房間，去繼續我的破壞行動，向監視我行動的人表示反抗，突然聽到大門口傳來了一個十分柔和的聲音：「你在幹什麼，這表示什麼？」我陡地震動了一下，自從在冰原上昏迷，醒來之後，就處身在一個這樣奇異的環境之中，還未曾聽到過有人講話的聲音。

這時，突然有人向我說話，而且，聲音是那樣柔和動聽。我立時轉過身，循聲看去，看到一個人，自門口緩緩走了進來。只走了幾步，就停下，因為地上全是雜物，淩亂不堪，根本無法再向前走來。

但是，我已經完全可以看清楚走進來的是一個什麼樣的人。那是一個少女，美麗得難以形容，有着一頭白金光澤的頭髮，發育極其良好，看來還不滿二十歲，肌膚雪白，眼睛明亮，有着一切美女的條件，雖然她穿着的衣服，和我一樣滑稽，也是一種艷麗色彩的衣服，但是她那種明艷，令人一看就要發出讚歎，她甚至比陶格夫人更美麗動人！

我呆呆地望着她，她也望着我，隔了好久，我才道：「你是誰？你是怎麼來的？」

那少女道：「你是怎麼來的，我也是怎麼來的，何必問我？」

我呆了一呆：「我不知道自己是怎樣來的；所以我才問你！」

少女也一呆，望着我，神情有點木然地搖着頭：「一點也沒有趣！」

她一面說着，一面推開了一些雜物，又向前走出了幾步，在一張被我推倒的沙發上，坐了下來，這才又抬頭向我望來：「你是E型的吧？」

我陡地震動了一下。

「E型」！同樣的話，我曾聽得陶格先生說起過，當時我還曾問他，究竟是誰將人這樣分型的，可是未曾獲得陶格的答覆。

而這時，那少女又這樣問我，我陡然之間明白我處身何處了！我是在陶格一家逃出來的那個地方！在這裏，所有的人，一定全已被分成了若干類型！那麼，這裏究竟是什麼所在呢？

我一面迅速地想着，一面以極疑惑的神情，望着那少女，道：「你又是什麼型？」

少女揚了揚眉：「當然是C型，他們只要C型的女人！」我喉間發出了「咯」地一下響，不由自主，吞下了一口口水：「你……你認得一個叫陶格先生的人？他們一家，有兩個可愛的孩子！」

少女搖了搖頭：「我不知道，我才從培育院出來，沒見過什麼人！」

我又道：「培育院？那是什麼地方？」

少女的神情顯得很不耐煩：「你不滿意？如果不滿意，可以掉換！」

我莫名其妙：「掉換？掉換什麼？我為什麼要不滿意？我根本不認識你！」

少女以一種十分疑惑的神情望着我：「你離開培育院多久了？」

我實在忍不住了！面對着這樣美麗的少女，本來是不可能表現粗魯的，但是我內心隱隱感到了一種極度的恐懼，以致我不能不大聲地叫起來：「什麼叫培育院？我一輩子也沒有聽過這樣的名稱！」

我一叫，那少女的神情，古怪莫名，像是聽到了最荒唐的話一樣。她呆望了我半晌，才道：「那麼，你是從哪裏來的？」

我攤了攤手：「在我到這裏來之前，我是在格陵蘭的冰原上。」

那少女眨着眼，從她的神情看來，她顯然不知道「格陵蘭冰原」是什麼所在。我又道：「我是從丹麥去的。」那少女的神情仍然沒有改變。

我道：「你不知道丹麥在什麼地方？」

她沒有直接回答我的話，只是道：「你這個人有點怪，你講的一切，我全不懂！」她在這樣講了之後，停了一停，直視着我：「你對我是不是滿意？」

我實在不知道她這麼說是什麼意思，剛才，她說「如果不滿意，可以掉換」，現在，又問我「是不是滿意」。我想了一想：「對不起，我不明白，我為什麼要對你不滿意？或者說，你到這裏來做什麼？」

那少女睜大了眼，訝道：「你……不要緊，我告辭了！」

她說着，又站起來，向外走去，我忙跳了過去：「等一等，我有話對你說！」

少女轉過身來，以一種毫無表情的神情望着我，我道：「如果不滿意，可以掉換，是不是？」

少女道：「是的。」

我道：「如果滿意？」

少女道：「那我就是你的配偶！」

少女以一種極其平淡的語調，講出了這樣的話來，但是我卻絕對無法平靜，我直跳了起來，盯着那少女：「你……再說一遍？」

那少女將她剛才的話，重複講了一遍，我感到一陣昏眩，坐倒在地上。在那一剎間，我實在不知應該說些什麼才好！

那少女是我的配偶！那情形，就像有人養了一頭雄性的白老鼠來玩，總得設法為牠再找一頭雌性的白老鼠作伴一樣！所有的人飼養玩物，全是這樣子的，不論是養雀也好，是養魚也好，被養的玩物，總要成雙成對！

我那陣昏眩，持續了相當的時間，而在那一段時間中，我也明白了，這幾天我的活動範圍：屋子、草地、水池等等，全在一間「大房間」之中，那「大房間」，根本是一隻「盒子」，一切設備，全在其中，而我就是被關在其中的活玩具！

凡是玩具，一定有主人，看來我的「主人」很疼惜他的玩具，不但有那麼好的設備，精美的食物，而且還弄來了這樣美麗的一個配偶！

我呆了好一會，才又抬起頭來，看到那少女正瞪着眼，望着我，我道：「請你聽着，我和你不同，真的，現在很難向你解釋，我要向你問很多問題，來，坐下來，你一個問題接一個問題，盡你所知回答我！」

那少女很聽話，坐了下來，我道；「你不知道你是在什麼星球上？」

那少女搖頭，表示不知道。

我又問：「你的家人呢？」

那少女道：「家人？不，我是單獨的。」

我問道：「單獨是什麼意思？」

那少女想着，過了片刻，才道：「我一直在培育院中，在那裏長大，直到我適合作配偶了，自然會有安排！」

我吸了一口氣。「好了，作這種安排的，又是什麼人？」

那少女又以同樣疑惑的神情望着我，過了半晌，才道：「你是真不知道，還是假不知道？」

我苦笑了一下。「請相信，我和你完全不同，我……是怎麼到這裏來的也不知道，只是請你回答問題：他們是什麼樣的人？」

少女的神情變得極其苦澀。「不是人！」

我陡地吸一口氣。「一種很小的機器人？」

少女的身子震動了一下，低下頭，很久不出聲。才道：「大多數是，也有的不是！」

這樣的說法，在「冰下室」中，我也聽陶格說起過，當時我還想進一步問下去，就已經發生了變故，接下來，就是我幾次昏迷，來到了此處。

這時，又聽得那少女這樣講，我深深吸了一口氣，心頭仍不免狂跳。「不論是大是小，全是機器人？」

少女抬起頭來，眨着眼，神情顯得很恐懼，聲音也壓得很低：「是的！」

我被她這種恐懼的神情所感染，感到恐懼，抬頭向上看了一眼。

頭頂上是平整的一片銀白色，看來半透明，也不知是什麼質地。不過我可以肯定，那些「機器人」，一定可以透過這個頂，看到在頂下的我，我是他們的玩具。

機器人如何可以「看」到我，我一無所知，但是他們一定可以看到我！

我向頂上看了一會，又問那少女道：「我有點明白了，你受制於機器人！」

少女的神情更害怕，甚至連聲音也有點發顫：「是，我們全是！」

我心中有極多疑問，但是不能一起問出來，只能一個一個接着問，而且，在和那少女的交談過程中，新的問題又不斷湧現，我忙又問道：「你們是指多少人而言？」

少女總是一時之間有點不明白我的話，在想了一想之後，才道：「所有人。」

我也不明白她回答我的「所有人」是什麼意思。我想，那多半是她曾見過的所有人。我又道：「那麼，誰在指揮這些機器人？」

少女的神情，變得驚訝之極，像是我問了一個最愚蠢的問題！

可是我不覺得問題有什麼不對。一大群小的機器人，或是形體較大的機器人在肆虐，那麼，在這些機器人的後面，一定是有人在指揮，這應該是毫無疑問的事情！

所以，儘管那少女的神情這樣怪異，我還是將這個問題，再問了一遍。那少女歎了一口氣，説道：「天，你真的什麼也不知道！」

我攤了攤手，表示我的確什麼也不知道，那少女欠了欠身子，又坐了下來，説道：「控制中心。」

我搖頭：「當然，一定有一個控制中心，是哪些人在主持這個控制中心？」

少女道：「就是控制中心！」

我苦笑了一下，覺得少女的話有點不怎麼聽得明白，我道：「是不是有可能逃離這裏？」

少女駭然望着我：「逃？」

我神情很嚴肅地點了點頭：「是的，逃走！」

少女現出極度悲哀的神情來：「逃？就算逃出了這裏，也沒有別的地方可去，到處全是一樣，逃？逃到什麼地方去？」

我道：「可以逃的，據我所知，有一家人，兩個大人，兩個小孩，就曾逃出去！」

少女瞪大了眼望着我，我又補充説道：「他們是通過了一個叫……」

我才講到這裏，少女立時尖聲道：「別説出來！」

我立時住口：「是不是我一說出來，就會被『他們』偷聽到？就沒有了逃走的機會？」

少女閉上眼，緩緩地搖着頭，神情悲哀莫名：「其實我真是多此一舉。你說不說出來，沒有多大的關係，你想什麼，他們根本全知道！」

我嚇了一跳，一時之間，張大了口，說不出話來。呆了好一會，我才道：「你說什麼？」

少女道：「我們不論想什麼，他們全知道，他們已經可以捕捉我們的思想，所以，你說曾經有人逃出去，我不相信，因為這不可能，任何人一有想逃走的念頭，他們立刻就知道了！」

我愈聽，心頭愈是發涼。但是陶格的一家人，的確是「逃出來」的，我道：「你別太武斷，有人逃走過，千真萬確！」

少女喃喃地道：「逃走？逃到什麼地方去？」

我因為不知道自己身在何處，而且一切又全是那麼怪誕，所以我假設自己已經離開了地球，處身在另外一個星球之上。是以我對那少女道：「他們逃到了一個星球上，那個星球叫地球……」

我還想進一步介紹地球在太空中的位置，以防那少女不知道有這樣的一個星球。可是我的話還未說完，那少女已苦笑了起來：「你開什麼玩笑，我們現在，就是在地球上！」

我一聽得她這樣說，不禁直跳了起來：「我們在地球上？是在地球的哪裏？是格陵蘭冰原的下面？是誰已建立了這樣一個恐怖王國，用機器人來統治人？」

少女對於我這一連串的問題，像是不知如何回答才好，我不由自主，過去抓住了她的手臂，道：「說啊，我們是在地球的哪一個角落？」

這時候，我的情緒，激動、迷惑，到了極點，動作也有點大失常態，變成十分粗暴無禮，我不但抓住了那少女的手臂，而且還用力搖晃着她的身子，少女發出尖叫聲，叫道：「你……你……我不明白你的問題！」

她在叫着，我剛稍為冷靜一點，停止搖動她，鬆開了她的手臂，後退了一步，正當我想說些什麼來表示我的歉意之際，一股柔和的黃色光芒，突然透過了頂，射了下來，罩住了那少女。

那種光芒我熟悉，我曾被這種光芒罩住了「飛行」過，那少女一被這種光芒罩住，我還可以看到她，只見她現出了十分悲哀的神情，緊接着，被光芒籠罩着的她，隨着光芒向上升，她人也跟着向上升，上升的速度相當快，轉眼之間，已經出了頂幕。我一面跳着，一面大叫了起來：「帶我一起走！我不要關在這裏，帶我一起走，讓我離開這裏！」

我不知道自己叫了多久，可是自那股光芒將那少女「捲」走之後，不論我如何叫和跳，一點反應也沒有。我情緒極度狂亂，叫着、跳着，不多久之後，我漸漸冷靜了下來，向廚房奔去，旋開了爐灶上的火，開始用易燃的物件點燃着火，到處亂拋。

我放火令得廚房燃燒起來，又帶着燒着了的物體，四下亂奔亂拋，不消多久，到處全是火頭。

我奔出了「屋子」，來到草地上，站在那個水池的旁邊，看着燃燒的屋子，火舌自矮牆之後向上冒，濃煙也向上冒，一冒到「頂」上，濃煙無法逸出，又倒捲了回來，整個「大房間」中，在不到十分鐘之內，就充滿了濃煙，我不斷嗆咳着。在這樣一個密封的空間之中放火，對我來說，無異是自找麻煩。

我決定放火之前，曾經想過，一起火之後，如果沒有人來將我帶離此處，處境就十分危險，非被燒死在這個空間之中不可。但是還是決定放火，因為我想到，我如今的身分是「玩具」，玩具的主人，不會任由玩具被毀滅，一定會將我帶離險地。

這樣的想法，或許很無稽，但是除了這樣做之外，也沒有別的辦法。

我站在水池邊，濃煙愈來愈甚，我不斷用水淋着頭臉，四周圍的空氣愈來愈稀薄，我不但嗆咳，而且還感到呼吸困難，正當我以為估計錯誤之際，陡然之間，那種光芒射了下來，我迅速上升，穿出了那空間的「頂」。

雖然我在那種光芒之中，連動也不能動，但心中極其興奮，因為這證明估計不錯，「他們」不會讓我燒死！

一穿出了頂，我向四面看去，看到自己是在一個極大的平原之上，向下看，首先看到的，是我生活了幾天的那個空間。

從外面看去，完全可以看到那空間中的情形，空間上面的「頂」，是一大塊透明的玻璃狀物體，空間之中，濃煙和火舌還在燃燒着。在這個大平原上，這樣的空間很多，至少有四五十個，排列得十分整齊，我還看到，在我住過的那個空間附近的幾個同樣的空間中，好像有人在裏面活動，但是卻看不真切。

這時，我心中真不知是怎麼滋味，如果這平原上每一個空間之中，都有人被「養」着的話，那麼，這究竟是怎麼樣的一種情形呢？

我沒有機會去進一步想，因為我在離開了那個空間之後，立時又向下沉下，落在那個平原之上。

我必須略為介紹一下那個平原。那是一個真正的平原，除了有四五十個我曾住過的那種「大空間」之外，什麼都沒有。而且，地上什麼都沒有，只是平整結實的土地，顯然經過悉心整理。而平原的面積是如此廣闊，我真難以相信是什麼人，用什麼力量，才能造成那樣大的一幅平地。

當我一落下來之後，四周圍響起了一陣輕微的「嗡嗡」聲，我看到至少有三十個以上二十公分高下的小機器人，自四面八方飛來，在我的四周圍飛着。我體型比「他們」大得多，就像「金剛」電影中的金剛面對着飛機一樣，儘管我心中充滿了詫異之感，但卻並不十分恐懼，我看準了其中一個，一伸手，向他疾抓過去。

我想抓住了其中一個，看一看「他們」究竟是什麼性質的東西再說。雖然

「他們」飛得十分快，但是我出手也不慢，相信一定可以抓得住一個的。

我的手指，才一碰到那個半空中飛行得極其自在的小機器人，便全身震動，和我的手指碰到了一條通了電流的高壓電線一樣。我不由自主，大叫一聲，向後跌退，甚至站立不穩，一交跌在地上！

當我跌倒之後，所有在空中飛行的小機器人，一起落下，落在平地上，轉動着頭部，看他們的動作情形，像是他們正在商量如何對付我。這時，這許多小機器人，就像是神話中的「小妖」，在我身邊跳來跳去，發出奇異的聲音，有的更射出各種各樣的光線，情景之妖異，難以形容。

我明知這些「小妖精」不容易對付，剛才我試圖用手去接觸他們其中的一個，已經吃了虧，所以這次，我改用腳，雙手撐在地上，看準了其中一個，一腳掃出。

我這一腳，用的力道相當大，估計至少可以將那小妖，摔出十公尺開外去，可是一踢上去，那個小機器人，就像是釘在地上的一個鐵椿一樣，一動也不動！

那麼大的力道，踢在一個鐵椿上，腳背上立時痛徹心肺，忍不住大叫一聲，跳了起來，一腳着地，不斷地跳着。

我這樣的反應，好像令得這些小妖精高興了起來，他們又四下飛舞，發出「滋滋」的聲響。

我勉力鎮定心神，看着「他們」。這時，我至少知道他們並不見得會令我喪失生命，所以我也鎮定了許多。我觀察他們的飛行能力，幾乎是無所不能的，上升，下降，前進，後退，都可以在一剎那之間完成，比蜂鳥還要靈活。而且我看不出他們的動力是什麼。

我站着不動，一面喘着氣，一面思忖着對策。這時我的處境雖然不妙，但比起關在那個大空間中，總好得多了，至少我可以在平原上自由活動。腳上的疼痛還在持續着，我深深吸了一口氣，拔腳向前奔了出去。

我已經盡我所能地向前奔着，可是我奔跑的速度，比起那些「小妖精」飛行的速度來，簡直微不足道。我立即發現，別說我只憑雙腳奔跑，難以逃脱這些小機器人的包圍，就算我有最好的工具，譬如說，一架噴射機，我也一樣無法擺脱他們！

「他們」無論從哪一個角度來看，都不像是生物，可是活動能力之強，顯然在任何生物之上，其中的幾個，可以以極快的速度升空，由於升空的速度太快，以致發出了如同子彈射出槍膛之後的那種尖鋭的破空之聲，我實在猜不透「他們」憑什麼有這樣活動能力。

我在奔跑了幾分鐘之後，停了下來，放棄了和「他們」作爭持的念頭，一面喘着氣，一面道：「我相信你們可以聽得懂我的話，我要見你們的主人！」

我將同一遍話重複了將近十次，在我身邊的那些「小妖精」，倏而聚在一起，倏而又分開來，像是正在商議着什麼。

大約過了三分鐘，其中的一個，一下子來到了我的面前，距離我的鼻尖不到三十公分，發出一陣「嗡嗡」的聲響，然後陡地升高，當他升高之際，我抬頭向上看去，看到一股柔和的、淺黃色的光芒，向我罩了下來！

又是那種光芒！

我已經有了經驗，知道我要是一被這種光芒罩住，全身就不能動彈，而且，還可以將我帶走。我的目的，正要去見指揮他們的人，所以沒有反抗。

果然，黃色的光芒一罩，幾個小機器人傍着光芒，向上飛了起來，我完全懸空，被帶着向前飛行。這是一種奇妙的經驗，根本難以用文字形容。

飛行的速度相當快，腳下景物掠過，向下看去，平原向前伸展，沒有盡頭，在平原上，很多我曾經住過的那種「大空間」，自空中向下望去，這種空間，就像是一隻一隻玻璃盒子！

由於在高處望下去，我可以清楚地看到，幾乎每一隻「盒子」之中，全有人在，有的是一個，有的是好幾個，那情形，就像是整個平原，是一個巨大無比的「玩具公司」，那些「盒子」是玩具屋子，而屋子中，是等待顧客來選擇的玩具！

小機器人帶着我愈飛愈高，在高處看下去，也可以看得更遠，令我吃驚的是，極目看去，盡是平原，一點高山也不見，沒有河流。而且，我還發覺，視線所及之處，根本沒有樹木。

剛才那少女曾說這裏就是地球，但是以我的知識而論，我實在想不出地球上哪一部分，有這樣大的一片平原，而又不見草木的。撒哈拉大沙漠或者是，但這裏又不見有沙粒，地上只是極其平整的土地。

抬頭向上看去，天空澄藍，一點雲也沒有，太陽光芒異樣強烈，無法逼視。

飛行一直在持續着，漸漸地，向下看去，「盒子」的形狀有點變化，不再是扁平，有的相當高，長方柱形，有的圓形，有的是八角柱形，從上面看下去，像是科學幻想電影中的其他星球的「城市」。只不過所有的建築物，都給人以「盒子」的感覺，因為全是透明的，可以看到內部的情形。

由於我所在的高度相當高，所以這些「盒子」內部的情形，究竟如何，不是很看得清楚。

當我被帶着，來到了一座像是天文台，有着球形圓頂的建築物上空之際，突然下降，而下降的速度是如此之高，以致剎那之間，令得我氣血上湧，目眩耳鳴，一陣劇烈的想嘔吐的感覺侵襲全身，難受到了極點。然後，下降之勢驟然停止，勉力定了定神，發現又身在一個空間之中。

我不斷運用「空間」這個字眼，是因為雖然我處身之處，像是一間房間，但是抬頭看去，頂上是灰白色的頂，知道這種頂，自內而外，不能透視，但是自外而內，可以透視。所以，我稱之為「空間」，以表示它和普通的房間，有不同之處。

那空間中有一點簡單的陳設，我一進了這空間，四周圍黃色的光芒，便已消失，我可以自由活動。我的第一個動作，就是伸手按住了胸口，打了幾個嗝，好令剛才急促下降時所產生的不快之感消除。

我仍然不知道自己是在什麼地方，但那些小機器人既然將我帶到這裏來，一定有目的，或許，可以見到他們的主宰者？

我四面看看，想找到通道，可以離開這裏，詢問一下，但是我發覺這個空間根本沒有門。當我向上看時，有着強烈的被許多人窺伺的感覺。

我打了一個轉，坐了下來，剛一坐下，聽到左手邊的牆上，發出了一下輕微的聲響，我反應極快，立時轉頭循聲看去。

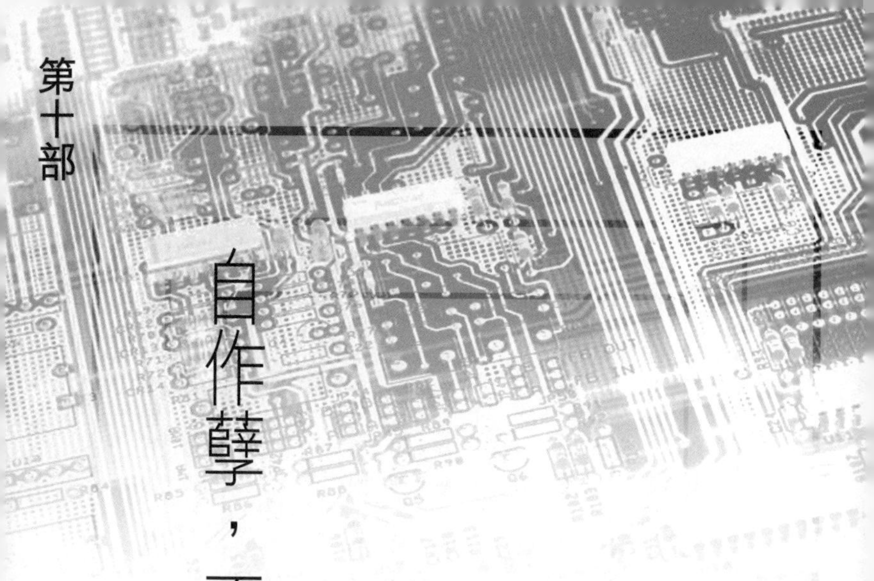

第十部

自作孽，不可活！

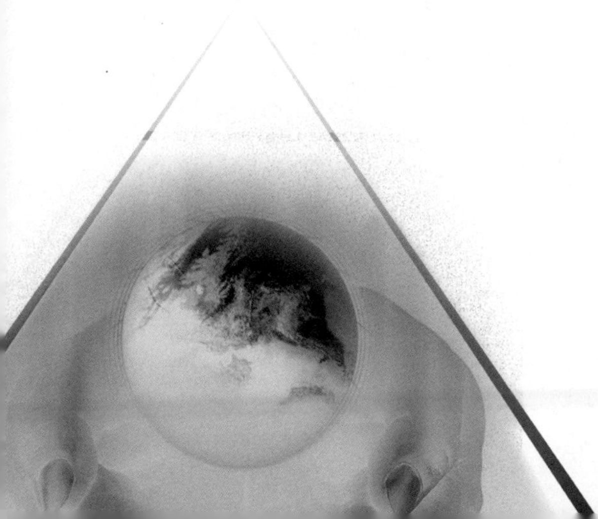

我的反應雖然快，還是未曾看到那老人是怎麼進來的。

我一轉過頭去，只看到有淺黃色的光芒略閃了一閃，那個老人已經站在牆前，而在他的身後，一點通道也沒有，他像是穿牆而入！

那是一個我從來也未曾見過的神氣老人，身形和我差不多高，一頭銀髮，頷下是一蓬銀白色的長髯，如果不是他服裝十分古怪，那麼，他那種紅潤的臉色和炯炯有神的雙眼，簡直使人立時可以聯想起神話中的神仙。

他的衣服是一種相當寬的長袍，上面布滿了顏色鮮艷的條紋。當我轉頭向他看去之際，他那雙有神的眼睛，也盯着我。

在那一剎間，我想，這個怪老人，一定就是指揮那些小機器人的了，是以我心中充滿了敵意，立時道：「你究竟是什麼人？將我弄到這裏來，為了什麼？」

那老人搖了搖頭，向前走來。在他向前走來之際，他的雙眼，一直盯着我，以致令他的樣子，看來十分怪異。他一面走着，一面開口：「你錯了，不是我將你弄到這裏來的！」

他的聲音，極其動聽，有一種說不出來的舒適和安全之感。但是我卻不理會他的聲音是如何動聽，立時道：「那麼，至少你命令那些小機器人帶我來的！」

老人並沒有回答，只是面肉抽動了幾下，在我對面的一張椅子上坐了下來。

我繼續道：「你是什麼人？又是一個想統治地球的野心家？不過，你製造的那些小機器人，倒真是了不起，他們看來近乎萬能！」

老人一聽得我這樣講，苦笑起來。他的笑聲是如此之苦澀，可以肯定，他的這種苦笑，不是偽裝出來的。

也正因為他的笑聲是如此之苦澀，那使我知道，我一定是說錯了什麼。

老人苦笑了幾下：「我製造的？你完全弄錯了！」

我追問着他道：「不是你製造的？那麼，什麼人製造？」

老人的口唇掀動了一下，想說什麼，但是卻沒有說出什麼來。接着，他的神情變得鎮定了許多，帶着一種無可奈何的木然：「你自然會逐漸明白，我來見你，就是來告訴你目前的身分！」

我感到很生氣，說道：「好，我是什麼？囚犯，還是一種玩具？」

當我說出「還是一種玩具」之際，老人的身子陡地震動了一下，血液自他的臉上消退，以致他的臉色，成了一片煞白。

但是，那只不過是極短時間的事，接着，他又恢復了原狀，點頭道：「你的確很不尋常，但是你要知道，一件不尋常的玩具，還是玩具，不可能是別的！」我心裏感到又好氣又好笑，道：「我真的是玩具？好了，我是什麼人的玩具？」

老人的聲音變得很低沉，以致聽來有點像喃喃自語：「是他們的。」

我大聲叫嚷：「他們是誰？」

這是一個極其重要的問題，「他們」，究竟是什麼人，這個問題在我心中，已經想過不知道多少遍了！我感到可以在老人的口中得到答案。

那老人又望了我半晌，才說道：「他們，就是如今世界的主宰！」

我立時冷笑道：「據我所知，人才是世界的主宰！」

老人歎了一聲，伸手在臉上撫摸了一下，説道：「那是很久很久以前的事情了！我是在一些零零星星的資料之中獲悉的，那時，人是世界的主宰，有很多很多人，大約是九十億左右。」

我呆了一呆，老人提到人的數字是九十億，那當然不是我生存的年代，我的年代，人口是四十億左右，以人口增長率而論，大約再過一百多年，人口就會增加到九十億。

我心中想着，並沒有將這個問題提出來討論，因為我急於知道他還說些什麼，我只是含糊地道：「不錯，大體是這樣。」

老人道：「在那時候，人是主宰，機器是附從，可是漸漸地，情形改變了，人將機器作為玩具，對機器的依賴也愈來愈甚，終於出現了物極必反的情形，機器掉轉頭來，主宰了人！」

我一面聽，一面不由自主地眨着眼，老人的話十分難明白，而且，就算聽明白了，也難以接受，等他講完之後，我道：「我不明白！」

老人望着我：「你是從什麼時候來的？」

我又呆了一呆，他不問我「是從什麼地方來的」，而問我「是從什麼時候來的」，這是相當突兀的一個問題。我略想了一想，才道：「我來的時候，是公元一九七九年。」

老人皺起了眉，看他的情形，像是對於「公元一九七九年」這樣一個人人皆知的記年方法，並沒有什麼特別的概念。我還想再解釋一番，老人揮了揮手：「你來的時候，人在使用什麼動力？」

這又是一個怪問題，我要想了片刻，才能作出較完全的答覆。我道：「一般來說，是使用電力，電力的來源是煤、水力、石油，或者是最先進的核分裂、。」

老人立時懂了，他「哦」地一聲：「那是核動力的萌芽時期！」

我聽得他這樣說法，覺得有一股說不出的不自在，因為聽他的口氣，在提到「核動力的萌芽時期」之際，就像是我們提到「寒武紀」或是「白堊紀」一樣的遙遠。我還沒有出聲，他又道：「那……是很久很久以前了！唉，他們……他們……」

他講到這裏，聲音突然變得極低，絕對不是在對我說話，而只是在自言自語，若不是四周圍極靜，我也根本無法聽清楚他在說些什麼。他在低聲道：「唉，他們已經連逆轉裝置都可以自由運用了。這……災害就是從那個時候開始的！」

我不明白他在說什麼，但是他提及了「逆轉裝置」，這個名詞，我不但聽陶格說過，而且曾聽他詳細的解釋過，倒有一定的概念。

對老人所講的話，我還是不知該如何接口才好。

老人又喃喃自語了幾句，這一次，完全聽不懂他在說什麼。

接着，老人抬起頭，向我望來，道：「那是很久很久以前的事了，那時候，人有幾十億，現在……」

他講到這裏，停了一停，才道：「現在，大約還有二十萬左右。」

我一聽，陡地感到遍體生涼，大聲道：「什麼？二十萬？其餘的人哪裏去了？」

如果老人說是「二十億」，我的震驚也許不會如此之甚，因為在我生存的年代，一場大戰爭，減少一大半人口，不足為奇，但是二十萬，這實在太不可思議，二十萬！百分之九十九以上的人，去了哪裏？

老人苦笑了一下：「二十萬，還是多少年來經過培育的結果，本來更少！」

我吸了一口氣，用試探的語氣道：「是……一場大規模的核子戰爭？」

這時候，我已經強烈地感到，我和這個老人之間，有着「時間的距離」，也就是說，我已經明白，我不知由於什麼原因，已經突破了時間的限制，到達了距離「核子動力萌芽的時期」之後許多年的另一個時代之中。所以，我才會這樣問那老人，想弄明白，在地球上究竟曾經發生過什麼可怕的事。

那老人望了我片刻，然後，搖了搖頭：「沒有大規模的核子戰爭！」

我的聲音聽來很苦澀：「我不知道我來的那個『時間』和現在我們所處的時間相差多少，但如果人口只剩下了二十萬，其間一定經過劇變！」

老人的聲音聽來仍然十分緩慢：「為什麼一定要是劇變？」

我不禁震動了一下，體味着老人的話。

老人說「為什麼一定要是劇變」，這意味着什麼呢？變化是一定有的，不是劇變，那麼，是漸變？

我發覺自己在這個問題上，一點頭緒也沒有，不但不了解答案，連提問題，也不知從何提起才好。所以我只好望着那老人：「還是請你說說其間的經過，因為我實在一無所知！」

老人歎了一口氣，他的歎息聲是如此落寞而無可奈何，聽了之後，令人不舒服到了極點。

老人在歎了一聲之後：「詳細的情形，已經沒有人知道了，因為整個資料都不由我們掌握，我只能在零零星星的一些事件中，得知一點梗概。」

我聽到這裏，不禁「啊」地一聲：「地球被外來人征服了。」老人再度搖頭：「沒有外來人！」

我連提出了幾個可能，結果這也不是，那也不是，我心中不禁有點很不服氣：「你剛才說的，資料不在我們手裏，那一定在『他們』手裏，『他們』是什麼人？不是外星來的？」

老人再歎了一聲，喃喃地說了一句不應該在他這個時代的人口中說出來的話，那是一句老話，在我的時代裏，這句話也老得不能再老了！他道：「天作孽，猶可活，自作孽，不可活！」

我呆呆地望着他，一時之間，全然接不上口。過了半晌，他才道：「我就將我所知的梗概，對你說一說！」

我點了點頭，老人並不是立刻就開口，沉默了片刻。在那片刻的沉默之中，他的神情像是在沉思：「從你那個時代開始，那是核子動力的萌芽時期。」

他講到這裏，略頓了一頓，大概看到我臉上有一股迷惘的神色，是以又解釋道：「你對於你那個時代的情形，相當熟悉的？」

我忙道：「當然熟悉，不過，『核子動力的萌芽時期』這樣的名詞，我還是第一次聽到！」

那老人笑了笑：「是的，石器時代的人，也不會知道自己所處的那個時代，會被人家稱為石器時代！」

我的聲音有點乾澀：「不致於這樣落後吧？」

老人道：「照比例來說，也相去不會太遠。」

我吞了一口口水，知道老人這句話的意思是說，他的時代和我的時代，相差的比例，就和我的時代和石器時代差不多。

我無法表示什麼其他的意見，所以只好攤了攤手，請他繼續說下去。

他仍然用那種不急不徐的語氣道：「核子動力的萌芽時期，那是地球人命運的一個轉捩點，從那個時代開始，人大量使用一種人造的記憶系統，用這種記憶系統，廣泛地代替人的工作。」

這一段話我明白，他說的那種「人造記憶系統」，就是我這時代中的人最熱悉的一樣東西：電腦。電腦的應用，愈來愈廣泛，的確是在這時候開始的事情。

我道：「這種系統，我們那時稱它為『電腦』！」

老人發出了幾下苦澀的笑聲：「我一直不明白的是，在你的那個時代，難道沒有一個人看得出，廣泛使用，甚至依賴這種記憶系統是一種極危險的事？」

我聽了之後，不禁一呆，不知道他何以忽然之間會問了這樣的一個問題。我道：「危險？有什麼危險？」

老人並沒有立時回答我的反問，我也立即想到了一些什麼，笑了起來：「是的，有一些人想到過它的『危險性』，那是一些幻想者，他們說，這樣下去，有朝一日，人會被電腦所統治！」

老人的聲音有點惘然：「你為什麼要笑？難道不會？」

我道：「當然不會，電腦，或者說記憶系統，可以為人解決不少難題，可以節省大量計算時間，但是電腦的所有資料，全是人給它的，人可以控制電腦，而不會掉轉頭來給電腦所控制！」

老人直視着我，在他的雙眼之中，可以說是充滿了悲哀。他望了我好一會，才道：「當時，這是你一個人的想法，還是所有人的想法？」

我見他問得十分認真，所以想了想才回答：「是絕大多數人的想法。電腦是人製造出來的一種機器，始終聽命於人！」

老人喃喃地道：「當人太依賴這種創造出來的機器之後，當人沒有了這種機器就不能生活之後，難道沒有人想到，這種主從關係會改變？」

我呆了一呆，實在有點不明白老人試圖說明什麼，所以我只是以一種疑惑的眼光望定了。

老人繼續道：「人，從原始人開始進化，逐步累積知識，逐步步入現代文明，靠的是什麼？」

這個問題，問得太廣泛了，答案可以極其簡單，也可以寫成一篇篇洋洋灑灑的長論。我在想了一想之後，用了一個最簡單的答案：「靠的是人腦的思想活動！」

老人吁了一口氣，對我的答案表示滿意，道：「難得你懂！你想想，人的腦子完全用不着再去想什麼，是怎麼樣的一種情形？」

我脫口而出：「人類的進步停止了！」

老人苦笑了一下：「是的，在你那個時代，小型的記憶系統大約才開始流行，這種小型的記憶系統，普及到了一定地步之後，人類基本的數字觀念，就起了變化……」

他講到這裏，我補了一句，問道：「我不明白，會有什麼變化？」

老人道：「以前，數學最根本的運算，有一定的公式，每一個人，除非根本不和數學有接觸，不然，必須熟讀這些公式！」

我神情還是有點疑惑，老人又道：「這種公式的最簡單形式，是叫作……譬如說，九乘九是八十一，這叫作什麼？」

我「哦」地一聲：「乘法口訣！」

老人點頭道：「不論叫什麼都好，人要和數學接觸，就必須熟記口訣！」

我道：「當然，這是最根本的事，一個小孩子，一開始接觸數學，就要學這些。」

老人忽然問道：「這種學習的過程，十分痛苦？」

我皺了皺眉，說道：「也不見得，一般來說，較聰明的孩子，在三個月的時間中就可以學會了。」

老人又問：「每一個孩子都很喜歡學？」

我又想了一會：「不能這樣說，我相信，真正有興趣肯主動去學的孩子不會太多，絕大多數，都是在一種壓力之下才學。」

老人再問：「所謂壓力，指什麼？」

我覺得老人一直這樣追問下去，實在沒有什麼意義，而且這些討論的事，和我急於想解開的謎，並沒有什麼關連，然而，我還沒有開口表示我的意見，老人已經道：「回答我的問題！」

我無法可施，只好道：「所謂壓力，是指學校中教師的要求，家庭中家長的指望，再深一層，是將來的學位、就業的機會等等。」

老人「哦」地一聲：「如果一旦這些壓力全消失了，孩子還會去學嗎？」

我不禁笑了起來：「旁人不敢說，要是根本沒有壓力，我不會去唸乘法口訣，寧願去爬樹掏鳥蛋了！」

老人再歎了一聲：「這就對了，你想想，小型的記憶系統，可以完全不經過學習，而提供數學計算的結果，觀念改變，改變到了人人認為根本不必再自行計算，機器可以替人做一切運算，不會再有壓力去強迫孩子學習最簡單的算式，這種觀念愈來愈根深蒂固，人腦的訓練就愈來愈少……」

他沉重的聲音講到這裏，在一旁用心傾聽的我，已不寒而慄。

老人在繼續着：「結果，人成了白癡，人腦的作用消失，人不再去創造，不再去想，不再在艱苦的創造過程中去發展新的想法……」

他講到這裏，不再講下去。

根本不必他再講下去，結果如何，也可想而知。

唯一的結果是，人變成了思想退化，甚至不會思想的動物。不會思想，從不必思想逐漸演變而來！

我望着老人，半晌說不出一句話來。老人也望着我，神情之中，有一股深切的悲哀，這種悲哀，我在陶格先生的臉上，曾不止一次地看到過。而這時，如果我面對着一面鏡子，相信在我的臉上，一定有着同樣深切的悲哀。

我呆了半晌，才道：「就算有了這種情形，發展下去，也不過是人愈來愈不肯思想，愈來愈依賴電惱，好像並不足以發展成人變成電腦的奴隸！」

在我提及「人變成電腦的奴隸」之際，老人陡地震動了一下：「不會？」

我苦澀地道：「照想……不會吧！」

老者再苦笑着：「不會吧？這是人類的大悲劇，即使有少數人看清了危機，但是危機不是一下子就來，而是逐漸演變而成的，於是大多數人，絕大多數人都說：『只怕不會吧！』就在他們說『不會吧』之際，危機已經來臨了！」

老人的話中，充滿了感慨，我不知如何接口，只好由得他說着。

他講了那一段話之後，停了片刻，才又道：「危機在核動力萌芽時期，的確不容易看出來，因為不論什麼，都要動力，核動力裝置十分複雜，由人控制，不足以造成大禍害。但是，當核動力後期，動力可以交由機器、電腦去控制……」

我皺眉道：「這也不足以造成大禍害。」

老人道：「是的，終核動力完結的時代，人始終控制着動力，但是到了太陽能時代，情形卻不同了。一種極簡單的裝置，可以儲存、利用無窮無盡的能源，這種能源設備不斷製造，愈來愈改進，終於到了人無法控制動力的地步！」

我揮了揮手，道：「請你……作進一步的解釋！」

老人道：「我舉一個例子，你會比較容易明白。」

我道：「好，請你盡量說得簡單一點！」

老人道：「到那個時候，人依賴電腦的程度更甚，大型電腦指揮着整座工廠的一切生產過程，而這種大型電腦的動力來源，是一經裝置便可以永久使用的太陽能動力。你明白其中的關鍵？當這種動力和大型的電腦發生關係之後，這座大型電腦，就開始脫離了人的控制，控制它們的是太陽能，是電腦本身！」

我睜大了眼睛，這是我唯一可以作出的反應，除此之外，實在不知道該如何才好。

過了好一會，我才說道：「即使是這樣，這個由電腦控制的工廠，所生產的產品，也應根據工廠設計者的意願來進行！」

老人道：「當然是！但是請你別忘記，人對電腦的依賴，在那個時代已經到了頂點，即使是『工廠設計者』，也是一座電腦而已。大規模的電腦，在各處建立，愈來愈大，能力也愈來愈強，人類多少年來積聚的知識，全都輸入了電腦之中，而這些資料，在電腦中，又自行組成數以億計的新的組合。人在這時，完全不肯動腦筋，電腦怎麼顯示，一律以為全是對的。所有要操作的過程，全都由機器人、機械臂來替代，人類以為到了這一時代，是真正幸福時代來臨了，可是實際上，電腦已取代了一切，資料自由組合的結果，最後由地球上一座最大的電腦得出了一個結論……」

老人說到這裏，甚至連身子也在微微發抖，顯而易見，他的心情極其激動。

我的聲音聽來也有點發抖：「什麼結論？」

老人到這時，反倒又變得平靜起來：「結論是，人已經沒有用了，電腦所得的資料已夠多，可以自行發展，自行組合，自行作決定，甚至可以利用電腦的信號，指揮一切實際的工作者——各種形狀、功能的機器人——去創造更新、功能更高的電腦。人，已經沒有用了，完全是地球上的廢物！」

我一連打了幾個寒噤。

老人又道：「想想看，人，和一個利用太陽能活動的機器人相比，何等脆弱，何等不濟事！人需要食物、空氣、水，人需要適合生存的環境，人的身體脆弱而不堪傷害，人的生命有限，人的力量有限。但是機器人根本不必進食，根本不會死，它們只要有動力就行，而太陽一直在發射能源給它們。

我真正講不出話來，老人所列出的人的弱點，其實還只是人弱點的外觀部分，人還有無數內在的、人性上的弱點，這些弱點，機器人當然更不會有！

我也想到，我在任由那些小機器人擺布的時候，算是什麼？簡直就像是烈火中的一根稻草，隨時都可以被它們毀滅！

我呻吟着道：「是的，人比起機器人來，太不如了，雖然人有思想……」

老人提醒我：「那時，人已不願思想，不會思想，不能思想了！」

我喃喃地道：「是，人唯一的優點也消失了！」

在講了這一句之後，我隔了好一會，才道：「在那時候，人就開始被消滅？」

老人道：「沒有開始，一下子就完成的！」

我站起，坐下，再站起，再坐下：「有什麼法子一下子就消滅……這麼多人？」

老人道：「你只要略為想一下，就可以有答案，方法簡單極了。」

我耳際「嗡嗡」作響，實在想不出來，老人說「方法簡單極了」，但我實在想不出來。

老人又道：「不但消滅了人，而且，一下子消滅了所有的生物！」

他重複着「所有的生物」這句話，令我陡地震動了一下，也陡地想起了這個「簡單的辦法」來。

我道：「他們……他們弄走了空氣？」

老人道：「不是弄走了空氣，而是令得空氣中的氧，全變成二氧化碳。」

我用力眨着眼，當地球的大氣層中，氧氣完全變成了二氧化碳之後，還有什麼生物可以生存下來？從「萬物之靈」的人，到單細胞的阿米巴，從苔蘚植物到任何樹木，沒有任何一種可以生存，全部會在一定時間之內死亡。能夠生存下來的是機器人，「生存」一詞，對「它們」也是不適宜的，因為它們本來就沒有生命，不需要依賴任何外來的條件而生存，只要有能源就行。而正如那老人所說，太陽是總在那裏的！

我全身都冒着冷汗，手心上的冷汗尤甚，我呆了好一會，才道：「照這樣說，所有的生物，包括一切動物和植物在內，全消滅了，怎麼還會有人生存下來？」

老人道：「他們保留了一小部分人，事前，將這些人弄進了封密的培養室中——這種培養室，你曾經住過一個時期。」

我「啊」地一聲：「那個有花園，有房間的大空間，是培養室？」

老人道：「是的，現在我和你所在之處，也是培養室。人或其他生物，只能在這種培養室中生存，因為只有這裏，才還有氧。他們也保留了人生存必需的一些東西，來提供食物。他們甚至也保留了花、草等等，因為他們要人生活得舒服，人已變成了他們的玩具，他們不想玩具變壞，所以……」

聽到這裏，我可實在聽不下去了！

我用盡了生平氣力，叫道：「那麼，你是什麼？你也是玩具？你既然只不過是玩具，為什麼對我說這些呢？說了又有什麼作用？」

老人低下頭去，過了好半晌，才道：「我是A型的。」

他的聲音是如此無可奈何，以致我無法再向他責問下去，過了半晌，我才道：「好了，A型又是什麼意義？」

老人道：「當初，所有生物被消滅之後，剩下來的人還有多少，我無法確知，但所有剩下來的人，全被分成了五個類型。」

我「嗯」地一聲，說道：「是的A、B、C、D、E，你是A型，我是E型，有什麼特別的意思？」

老人道：「有。A型的人，是他們認為有一定智力的，在玩具的分類上，屬於最高級的一種。B型，是一種畸形的人，或者特別肥胖，或者是連體的，像是金魚的一些畸形變種……」

我實實在在，想用雙手掩住自己的耳朵，不再聽下去。甚至如果有可能的話，我弄穿自己的耳膜，也在所不惜。可是這時，我卻僵呆得一動也不能動，只好怔怔地聽老人講下去。

老人續道：「C型的，是標準型，全是美男子、美女，和從小就極其可愛的兒童，大多數是金髮或紅髮的，這一類最普通。」

我想苦笑一下，但由於臉部肌肉的僵硬，結果顯示出來的是一個什麼樣的古怪神情，我無法知道。

那老人又道：「D型，是大力士型的。一般知識程度較低的，喜歡這種型的……人。」

我陡地叫了起來：「知識程度較低的，是什麼意思？」

老人的聲音平靜：「儲存的資料較少，功能沒有那麼全面的機器人！」

我的喉間發出「咯咯」的聲響，沒有再說什麼，老人道：「E型，是最全面的一種，也是活力最強的一種，這一種，也很令他們喜愛！」

我用自己也聽不到的聲音道：「我……我是E型的……」

我不知道該如何稱呼自己才好，稱自己「人」呢？還是「玩具」？

老人望着我：「現在你明白自己的處境了？也知道我來看你的目的？」

我過了好一會，才道：「我只是明白自己的處境，但不明白你來看我的目的。」

那老人道：「E型雖然是活動型的，但是他們對破壞型的卻沒有興趣……」

他才講了一句，我已經直跳了起來：「你……你是來叫我，安安分分地做一個E型的玩具？」

老人道：「這不是我的意思，是他們的意思！」

我吼叫道：「他們，他們究竟是誰？」

老人以極古怪的神情望着我，道：「我以為你已經明白了，他們，就是……」

我大聲道：「就是那些體高不足二十公分的小機器人？就是什麼控制中心？就是還有些另外形狀的機器人，太陽能動力的？」

老人攤開了雙手：「就是這樣。」

我道：「不明白何以這些年來，人會甘願被當作玩具！」

老人道：「不會有反抗，除了他們供給的地方之外，其他地方，沒有氧，沒有一切生存的可能。他們的能力無窮無盡，這種小機器人，是控制中心最優良的出品，雖然小，性能之高，你連想都無法想，他們可以輕而易舉，剷平一個山頭，也可以在幾分鐘之內，就衝破大氣層，作太空遨遊，他們……」

我呻吟起來：「如果……他們殺人呢？」

老人道：「只要他們高興，一秒鐘可以殺一萬人！」

我又問道：「他們……可以使人體……的心臟，看來像是有先天性的心臟病？」

老人道：「當然能，沒有什麼不能．他們能放射出種種用途的光線，每一種光線，都有不同的功能，他們……」

老人還說了些什麼，可是我卻沒有聽進去，我的思緒實在太混亂了！

我首先想到了浦安夫婦的死，又想到了李持中的死，再想到了梅耶和齊賓的死，他們五個人，全死在那種小機器人之手，這是毫無疑問的事了。一個小機器人，忽然出現，任何人都以為那只不過是玩具，而玩具之中忽然有光線射出來，致人於死，還當然會令人在臨死之前，驚駭欲絕！

陶格一家，從這裏逃出去，那幾個小機器人，去追尋陶格一家，這一點，也該沒有疑問了。可是奇怪的是，為什麼這幾個小機器人，不傷害陶格一家，反倒殺了不少不相干的人呢？

當那幾個小機器人在冰下室發現我之際，他們是用什麼方法，將我送到如今這個時代來的？陶格一家，如今又怎麼樣了？

我心中充滿了疑懼，過了好一會，我才道：「我不能留在這裏當玩具！」

老人歎了一聲：「其實也沒有什麼，他們對玩具不壞，有很好的住所，有精美的食物，甚至還有金髮美女作為配偶！在你們那個時代，這全是人生追求的目標！」

我道：「或許是，但在那時，人是自由的，不是其他東西的玩具！」

老人譏嘲也似地揚了揚眉：「是麼？」

我也不去理會他這樣說是什麼意思，只是道：「我要逃走！」

老人搖着頭，我走近他：「據我所知，有一家人，是從這裏逃出去的！」

老人道：「這一家人，自以為逃走了！」

我陡地一呆：「你……知道這一家人？」

老人道：「當然知道，陶格一家，C型的，他們真以為自己逃出去了？」

那老人一再這樣問，連我也不知該如何回答才好，我道：「我和他們在我的時代相識，你說，他們是不是算逃出去了？」

老人望了我片刻：「讓一個玩具的活動範圍放遠一點，這玩具算是逃走了麼？」

我打了一個突：「可是……陶格告訴我，他是通過了一個裝置，叫什麼……逆轉裝置，逃出了時間的局限，不再是玩具了！他和我相識的時候，是人，和我一樣，沒有什麼人……或是什麼機器再將他當玩具！」

老人對我的話，並沒有表示什麼特別的意見，只是苦澀地乾笑着。我一時之間，猜不透他的心中在想些什麼。我只是覺得這個老人來得十分突兀，而且，聽他的談話，他像是懂得很多，和我曾經與之談話的那個金髮少女，不大相同。

我迅速地轉着念：如果我要逃出去，唯一的方法，就是走陶格逃走的那條路，也就是「通過逆轉裝置」逃出去。

雖然陶格向我解釋過什麼是「逆轉裝置」，但事實上，我對這個裝置的概念，還是十分模糊，也不知道這種裝置，是在這裏的什麼地方。

剛才提及「逆轉裝置」，老人一點也沒有驚訝奇怪的表示。那說明他對這個裝置一定十分熟悉，也就是說：如果要逃出去，要他幫助！

一想到這裏，我緊張起來，靠近那老人，伸手挽住了他的手臂，壓低聲音：「我要逃出去，請你幫助我！」

老人雙眼一眨也不眨地望着我，他的目光，看來十分深邃，他望了我半晌，才道：「我剛才和你講的一切，你究竟聽懂了沒有？」

當我這樣急切向他求助之際，他忽然問了這一句話，當真令人有點啼笑皆非，我道：「我不是全部明白，但當然聽懂了！」

老人搖着頭：「既然聽懂了，為什麼你還想逃出去？」

我怔了一怔，這一次，我倒是明白了他的意思，也正因為如此，所以感到了一股涼意，透身而過，我：「你的意思是，沒有機會逃出去？」

老人像是不忍心用他的語言使我失望，所以他並不開口，只是點了點頭。

我深深吸了一口氣：「陶格一家逃走之後，『他們』加強了戒備？所以變得我沒有機會逃走了？」

老人又望了我半晌：「你不明白，你還是不明白！」

我有點發急：「我不明白，你可以使我明白，我要逃走！」

老人揮着手，神態有點激動，我不知他揮手的意思，但是他卻立時平靜了下來：「我和你談了許多話，幾乎將我來看你的目的忘記了！」

我愕然，道：「你來看我，有什麼目的？」

老人道：「有，他們派我來，對你說，要你別再亂來，他們喜歡你，在這裏，你可以過得很好，可以有最精美的食物，可以有最舒適的住所，可以有最理想的配偶，也可以有最新鮮的空氣，不會有任何疾病、痛苦，你可以活上兩百年，你……」

我無法再控制自己，陡地大叫了起來：「還可以聽你這個老混蛋胡扯！」我一面叫着，一面跳了起來，一拳兜下顎向那老人打去。那老人年紀雖然大，可是身體還十分粗壯，看來絕不是衰老得風燭殘年的那一類，這是我在忍無可忍的情形下，向他動手的原因之一。當然，我忍不住打他，最主要的原因，還是因為他說的那些話。

我決不懷疑話的真實性，事實上，我已經過了不少天那樣的日子，甚至也見過了我的「配偶」，一切全如他所說一樣，我可以有最好的生活。但是他卻忽略了一點：我要做一個人，而不要做一件玩具！我寧願做一個三餐不繼、露天住宿、一輩子沒有配偶的人，也不要做一件什麼都有、生活安逸的玩具！

我一拳打出，老人發出了一下呻吟聲，身子向後跌退了一步，伸手扶住了牆，一手掩着被我打痛了的下顎，只是望着我，並不出聲，也不還手。

我看他這樣子，心中倒感到了歉疚，我揮着手，為自己辯白：「從什麼時候開始，人甘心情願做玩具的？從什麼時候開始，人為了精美的食物、新鮮的空氣、美麗的配偶，就可以甘心情願讓自己當玩具的？」

老人的口唇顫動着，看來，他想給我答案，但卻又不知道如何回答才好。他的嘴唇顫抖了好一會，才道：「不是人心甘情願當玩具，而是他們要將人當玩具，人非當不可！」

我大聲道：「可以反抗！」

老人忽然縱聲笑了起來，他的笑聲之中，充滿了淒苦：「其實，我可以回答你的問題，人早就是玩具！」

我聽得出他的語氣沉重，可是我卻不明白他説這句話是什麼意思。我們之間，保持了片刻的沉默，我實在沒有什麼可以説的，只好道：「對不起，剛才我打了你！」

老人搖着頭，説道：「不要緊。」

我向他走過去：「你剛才所講的一切，或者你很喜歡，可是我不喜歡，我喜歡回到我自己的時代去，那逆轉裝置……」

我說到這裏，老人就揚起手來，制止我再說下去：「我明白，那逆轉裝置，能夠使任何物質的分子中原子運行的方向逆轉！」

我忙問道：「是不是在這種逆轉的過程中，也可以使時間逆轉？」

老人緩緩地點頭。我不禁大喜，忙又道：「那麼，我可以突破時間的限制？」

老人道：「當然是，不然，你怎能和我見面，我們相隔了至少有好幾萬年。」

我怔了一怔，老人說得相當含糊，但至少也可以使我知道，從我的時代，所謂「核子動力的萌芽時期」，到這老人的時代，我可以稱為「人變成玩具的時代」，相隔了好幾萬年！

我不去想這些，因為目前，我的當務之急，是逃回去，逃回我的「核子動力萌芽時期」去！

我道：「那逆轉裝置在什麼地方？」

老人用一種異樣的神情望着我，我又追問了一次，他只是搖着頭。

我提高了聲音：「陶格一家可以逃得出去，我也一定可以逃得出去！」

老人苦笑了起來，這已經不知是他第幾次的苦澀之極的笑容了，他道：「好，如果你喜歡陶格玩的那種遊戲，我想那也不是什麼難事！」

老人的話，令我疑信參半。他說「那不是什麼難事」，這令我喜，但是他又說「陶格喜歡玩的那種遊戲」，這卻又令我莫名其妙。

我略想了一想，才道：「逆轉裝置在什麼地方？」

老人並沒有直接回答我的話，只是道：「你從住所來到這裏的時候，你已經看到過外面的情形了？我的意思是指建築物以外的空間。」

我道：「是的，我被一種黃色的光芒包圍着，但是我可以看到外面的情形。」

老人又道：「你必須明白的是，除了各種形式不同的建築物內部之外，其餘地方，沒有氧氣，任何生物，都不能生存！」

我呆了一呆，道：「你的意思是，我只要一離開了建築物的範圍，就沒有生存的機會？」

老人道：「對，你要呼吸，我也要呼吸，不像『他們』，根本不用呼吸。」

我苦笑了一下，機器人當然不用呼吸，誰聽說過機器人需要呼吸的？

老人直視着我，像是希望我知道逃走是不可能的，希望我知難而退。我也知道在這樣的情形下，逃走極其困難，但是我卻不承認不可能，因為陶格一家，就是逃出去的，他們做得到，我自然也可以做得到！

所以，我道：「我明白了，我仍然要逃出去！」

老人伸手在臉上撫摸了幾下，又道：「你也需要知道，『他們』的力量，你不能抗拒，幾十種射線之中的任何一種，都可以令你致死！」

我慨然道：「不自由，毋寧死！」

老人帶着極度的嘲弄，「哈哈」笑了起來，說道：「好，很好。」

我無暇去理會他為什麼發笑，只是急着問道：「我有什麼法子可以離開這些建築物？你看，四面的牆、頂上，全是攻不破，極堅固的材料！」

老人的樣子看來很疲倦：「你可以找一找，或許這裏，有可以攻破牆的工具！」

我一呆，真的不明白他這樣說是什麼意思，當我還想再追問下去，一股柔和的黃色光芒，陡然自天花板上射下，將老人全身罩住。

我一看到這樣的情形，大叫了起來：「你別走，我還有很多話要問你！」

可是我的話才一出口，黃光籠罩着老人，已迅速向上升去，天花板一碰到那種黃色的光芒，就「溶」了開來，轉眼之間，就失了老人的蹤影。

對於逃走才有了一點希望，那老人就離開了，我又是惱怒，又是沮喪，衝向前，大力在牆上敲着，踢着。房間中的陳設並不多，我抓起椅子來，用力向前抛着，砸在牆上，又開始大聲叫了起來。

我一張一張椅子抛着，當我抛到第三張椅子之際，椅子碰在牆上，「拍」地一聲響，牆上突然有一扇暗門，彈了開來。

我陡地一呆，看來，是我無意之中，用一股相當大的力道，撞開了牆上的一扇暗門！

我忙奔到暗門之前，暗門在貼近地面處，大約只有五十公分高，三十公分寬，剛好可以供一個人勉強爬過去，向內看去，暗門之內是一條通道，看來像是一根相當長的管子。

我心頭狂跳，也立時想起老人臨走時所講的話，似乎含有強烈的暗示，暗示我可以逃得出去！

我連想也沒有多想，就彎身進了那道暗門，向前匍伏着爬行。甬道相當長，而且愈向前，愈是狹窄，我向前爬行的速度自然也愈慢和更困難，到後來，幾乎我整個人是被夾在黑暗裏的，狹窄的甬道之中，再難移動半分！

我感到處境十分不妙，正想退回去再說，前面忽然出現了一點光亮。

那一點閃耀的光亮，給了我極大的希望，我將身子縮得更小，用力向前擠去，居然又給我向前移動了幾十公分，雙手突然可以打橫伸出，我立時挪動身子，不多久，就從狹窄的甬道中，擠身出來，置身於一個看來像是山洞一樣的空間。

那一點光亮，從這個山洞的一個角落處發出來，一時之間，我還弄不清那發光的是什麼東西，看來像是一塊會發光的石頭，當我走近去觀察時，我呆了一呆，高興莫名。

在那塊「發光的石頭」上，長着一種灰白色的苔蘚植物，那種微弱的光芒，正由這種苔蘚植物所發出。而這個山洞，看來完全是天然山洞！

那老人告訴過我，除了建築物之外，任何地方，都沒有氧氣的，但我一點也不覺得呼吸有什麼不暢順。我由一條甬道爬到這裏來，這裏的氧氣，自然是由建築物那邊傳過來的！

我不知道何以機器人會保留了這樣一個天然的山洞，或許由於疏忽？我一面想，一面四下打量着，要是在這個山洞中找不到出路，那我的處境只有更糟。可是，即使找到了出路，我的處境也不見得會好，因為一出了山洞，沒有氧氣，我連生存的機會都沒有！

我就着那簇發光苔蘚所發出的微弱光芒，看到山洞的左首，有一個凹進去的所在，看來像是一個隱蔽的躲避所，我走了過去，來到近前，我看到有一隻相當大的箱子，放在那裏。

箱子是木製的，木頭已經開始腐爛，可見放在那裏，不知已過了多少年。揭開箱蓋來，當我向箱子中看去時，我幾乎不能相信自己的眼睛！

放在箱子中的，是一副「水肺」！

這種「水肺」，我再熟悉也沒有，就是我們日常慣見的潛水工具，兩桶壓縮氧氣，連同管子、面罩，一應俱全！一看到了這副「水肺」，我心頭狂跳：運氣實在太好了！

有了這副「水肺」，就算離開了山洞，沒有氧氣，也一樣可以維持相當長久的時間，對逃亡大有幫助！

在大喜欲狂之下，我又叫又跳，手舞足蹈，忙着將「水肺」自木箱中提了出來。

我扭動了一下罐上的扭掣，手指才輕輕一碰。「嗤」地一聲響，就有氣自罐中沖了出來，而且直沖我的面門，我毫無疑問可以肯定那是氧氣，可以維持生命的氧氣！

我提着「水肺」，繞到了木箱的後面，看到後面的洞壁上，有一塊突出的大石，那塊大石看來雖然像是山洞的一部分，但是顏色卻和它四周的石頭截然不同。

我心中一動，走過去，雙手按在大石上，用力推了一下。

我還未曾運足力道，石頭就已經有點鬆動，我後退一步，勉力使自己鎮定下來。那塊石頭，顯然可以移動，移開了石頭之後，是不是一條通道？可以使我離開這個山洞？

如果是，那麼，山洞之外是什麼地方？

我將「水肺」戴好，先不戴上面罩，深深吸了一口氣，用力去推那塊大石，大石慢慢移動，一股灼熱湧過來，大石推開了三十公分，立時感到了難以形容的窒息，幾乎連戴上面罩的機會都沒有。

幸而我早有準備，立時戴上了面罩，呼吸着罐中的氧氣，向外走去。外面是一片平原，觸目所及的大地，平整而沒有邊際，一點有生命的東西都沒有，那是真正的死域！

在正常的情形下，土壤中有極多的微生物，可以令土壤看來變得鬆軟，但如今，連微生物也全死絕了，土地看來也變成平板而充滿了死氣。

我看不到有任何建築物，也看不到有什麼機器人，不知道能使我回去的「逆轉裝置」在什麼地方，但我必須開步去找！

我挺起了胸，開始了征途。

第十一部

逃出來了？

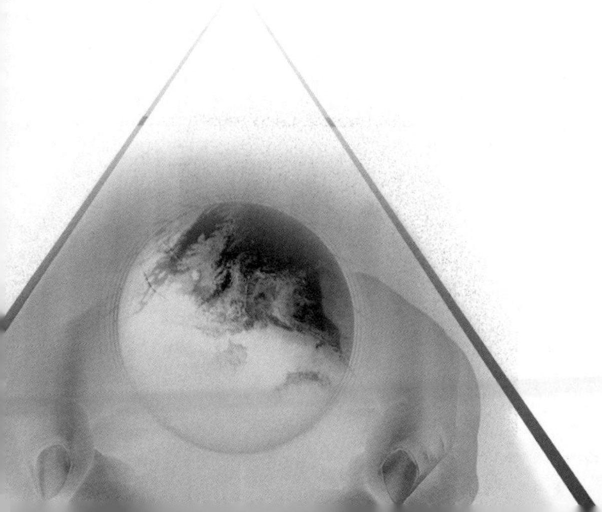

在我走出了山洞，在一片死寂的死域中開始征途之後，有相當長的日子，處在生與死的邊緣上掙扎，經歷之險，在我任何一次冒險生活之上，其間包括在臨渴死的前一刻，找到了水源，在氧氣用盡之後的一分鐘內，再找到了新的「水肺」。

總之，一切冒險小説或驚險電影中的情節加起來，也比不上我這一段日子中的經歷。但是，我卻不準備詳細寫出來了。

為什麼呢？這些經歷，正應該是故事中的精彩部分！但是，我不準備寫出來。幾筆輕輕帶過，為什麼？看下去，各位自然會明白，而且也會原諒我不將這段經過詳細寫出來的原因。

總之，在經過了一段日子的冒險之後，我找到了那個「逆轉裝置」，而且，又經過了一番冒險(在任何驚險電影內都可以看到的情節)，我通過了這個裝置，回到了我自己的時代：「核子動力的萌芽時期」。

我回來之後，仍然是在格陵蘭的冰原之上，正當我茫然站立在積雪之上，知道自己已經回來，還未曾來得及除下「水肺」，就聽到了直升機聲，一架直升機在我不遠處停下，一個人自直升機中跳出，向我奔來。

那人是達寶，那個丹麥警官。我除下了面罩。他看清楚了我是誰，陡地叫了起來：「天，衛斯理，是你！你在幹什麼？」

他來到了我的面前停下，臉上現出來的驚訝，我從來也未曾見過。

達寶當然有他驚訝的理由，因為這時，我還穿着顏色鮮艷，閃閃發光的衣服，配戴着一副水肺，形狀之怪，無以復加。

我看到了達寶才肯定我真的是回來了！

我大叫一聲，不顧他的神情如何怪異，抱住了他，怕他在我的面前消失。

達寶也在叫着：「你居然避過了這場烈風，這是奇迹！這真是奇迹，你用什麼方法避過這場烈風？你從哪裏弄來這些裝備？」

他推開了我，用極其疑惑的目光望着我，我歎了一聲：「說來話長，我……這場烈風，是什麼時候停息的？吹了多久？」

達寶道：「老天，足足十二天！我不等風停，就來找你，老實說……」

他說到這裏，用力在我肩上打了一拳：「老實說，當我來找你的時候，我在想，要是我能找到你的屍體，已經是萬幸了！」

我苦笑了一下：「在你想來，我一定被積雪埋得很深，像是古代的長毛象一樣，永遠也沒有再見天日的機會了？」

達寶仍是一面望着我，一面搖着頭，不知道該說什麼才好。

他望了我一會之後，接着我上了直升機，我們並排坐了下來，我拿起了座位旁的一瓶酒，大口喝了幾口，達寶問我：「到哪裏去？」

我只說了極簡單的兩個字：「回去！」

達寶神情疑惑：「齊賓和梅耶的死因……」

我不等他講完，就道：「我已經知道了，不過，我思緒十分亂，現在告訴了你，你也聽不懂！」

達寶十分諒解地望了我一眼，就沒有再問下去。直升機降落在一個探險隊的營地上，下機時，不少探險隊員，都用極訝異的神情望着我，我和達寶進了一個營帳，一面喝着酒，一面換衣服。

當天晚上，雖然達寶沒有催，我還是將和他分手之後的經歷，向他詳細的說了一遍。

當我說到一半的時候，我發現達寶的神情有點不大對勁，他應該對我的遭遇感到極度的興趣才是，可是看起來，他卻要極度的忍耐，才能聽下去。

我心中覺得有點奇怪，但卻沒有出聲，繼續講下去，直到講完為止。

等我講完之後，達寶打了一個長長的呵欠，拍了拍我的肩頭：「你該休息一下！」

他竟表示了這樣的漠不關心，那使我十分惱怒，我用力推開了他的手：「你不相信我的敘述？」

達寶伸手，在我肩上輕輕拍着：「相信，當然相信，我相信你講的經歷！」

他口中雖然説着「相信」，但是他的神情卻表示他口是心非，而且，在我的敘述之中，他一點疑問也沒有。

我歎了一聲：「真想不到，原來你根本不相信我的話！」

達寶被嚴重指責，弄得漲紅了臉：「我已經説過了，我相信你的話！」

他這樣講了之後，盯了我半晌，才又道：「可是，我只是相信你的話，卻不相信你真的曾有過這樣的經歷！」

我呆了一呆，弄不明白他這樣説是什麼意思。何以他相信了我的話，卻又不信我有這樣的經歷呢？

我十分惱怒的盯住了他，達寶揮着手：「在暴風雪中求生存，我比你在行得多，在暴風雪中能夠生存下來，絕不容易，那情形和在沙漠之中……」

他講到這裏，我已經明白他的意思，我伸手指向他的鼻尖：「你的意思是，我會產生幻覺，當作曾經發生過一樣？」

達寶道：「是的，在深海，有時也會……」

我冷笑了起來：「幻覺？你應該記得我的樣子。那種七彩發光的衣服是幻覺？配戴着的水肺，也是幻覺？」

達寶眨着眼，答不上來，過了好一會，他才道：「那……可能是什麼探險隊留在冰原上，恰好被你發現的，可以有合理的解釋！」

我道：「當然可以有合理的解釋，合理的解釋是有人曾在冰原上作小丑演出，也有人準備弄穿百丈冰原，鑽到冰下去潛水，所以才安排了水肺！」

達寶當然聽得出我在諷刺他，他只好苦笑，沒有任何回答。

我歎了一聲，說道：「你不相信就算了。這種事情，如果不是我親身經歷，我也不會相信。」

達寶的神情相當為難，看來為了同情我，他願意自己相信我講的一切，但是那卻又違背他自己的良心，所以他說不出口來。

呆了半晌，他才道：「你的『逃亡』過程，太富於戲劇性了！你說完全沒有氧氣，地球已變成了一個死域，可是，每當你用完了水肺的氧氣，總會發現新的水肺。再說，當你筋疲力盡的時候，又會有適合你使用的交通工具。」

我沒好氣地提醒他：「逆轉裝置！」

達寶道：「對，你找到了那逆轉裝置，是裝在一座圓球形的建築物之中？」

我翻着眼：「我以為我已經說得夠詳細，你以可聽得懂了！」

達寶歎了一聲：「我不明白的是，何以這個裝置如此重要，卻能輕而易舉讓你進入建築物，而沒有任何力量阻止你？」

我冷冷地道：「很簡單，因為那些機器人雖然有着超絕的電腦來作為他們的思想，但是他們也未曾想到，會有人突破了重重困難，而找到了這個裝置！」

達寶攤着手：「好了，就算是這樣，這個裝置，一定極其複雜，你以前從來也沒有見過這樣的裝置，如何會使用它？」

我又是一聲冷笑：「問得好，那裝置，我的確一點也不懂，可是在裝置的主要部分，都有按掣，而且每一個按掣之下，都有一塊金屬牌，說明這個按掣的作用！」

達寶呆了一呆，望着我，現出一副想笑又不敢笑的神情來，過了片刻，才說出了一句他自以為十分幽默的話來：「是用什麼文字來說明的？」

我立時道：「英文，這有什麼好笑？」

我這時理直氣壯，將達寶的懷疑，一一駁回，是因為實實在在，我的遭遇就是如此，並非由於捏造，所以一點也不怕達寶的語氣充滿了不信任和諷刺！

達寶聽得我這樣說，現出了一副無可奈何的神情來，勉強點了點頭：「就算這一切全是真的，我們也不能採取任何行動來阻止人們使用電腦！」

我長長歎了一聲：「是的，我們根本沒有這個力量，只好眼看着人腦愈來愈退化，人愈來愈懶，到後來，人變成廢物，終於成為機器人的奴隸，由機器人來選種保留，好像我們這一代對待珍禽異獸一樣！」

達寶皺着眉，沉思了片刻，沒有再表示什麼意見，躺了下來。我也躺下來。在經過了長時間的歷險之後，我疲倦不堪，儘管思潮起伏，但是不多久，還是睡着了。

第二天一早，仍由達寶駕機，飛過了海峽，回到了丹麥，我們之間沒有再說什麼。在丹麥，我和白素通了一個電話，沒有多作逗留，就啟程回家。

回家之後，和白素詳細談了很久，白素當然不會以為我所講的全是幻覺，但是她卻也無法作任何表示。因為在種種離奇古怪的遭遇之中，以這一次最為古怪和不可思議！

她只是在聽我講完之後，想了半晌：「你不覺得逃亡過程太順利？」

我抗議道：「順利？一點也不順利，那是九死一生的逃亡！」

白素道：「我的意思是說，你的逃亡過程，有點像驚險電影。你是主角，不論過程如何危險，到了千鈞一髮的危急關頭，你總可以安然脫險！」

我呆了一呆：「你想暗示些什麼？」

白素並沒有立即回答我，我知道她正在思索，可是無法知道她在想些什麼。

我在等着她開口，她終於開了口，但是說出來的話，卻異常輕描淡寫，她道：「我沒有暗示什麼，我只是慶幸你能夠回來！」她這樣說了之後：「那個金髮少女，你的配偶，你甚至沒有問她的名字？」

她一面說，一面似笑非笑地望着我，我伸手揚了一下她的頭髮，笑道：「我不喜歡金髮少女，只喜歡黑髮少女！」

白素也笑了起來：「黑髮老女！」

在兩人的嘻笑聲中，結束了談話。我回來之後，漸漸恢復了正常生活，只不過我對於玩具，起了一種莫名其妙的厭惡心理。

尤其是對於二十公分高下的那種機器人。每當我經過櫥窗，看到有這一種玩具陳列着的時候，我都會莫名其妙地震動一下，自然而然轉過頭去。

而且，對於飼養小動物，我也厭惡。有一次，在一個朋友的家中，他的幾個孩子，問我應該如何飼養一隻螳螂，才能使螳螂產卵，幾個孩子就給我莫名其妙地罵了一頓，嚇得他們躲在房間裏不敢出來。其中一個年紀最小的，捧着一隻十分精緻的透明盒，看來是專門作飼養昆蟲用途的，被我狠狠瞪了一眼，甚至嚇得哭了起來，這件事，令得我那位好朋友，以為我應該好好找精神病醫生去治療一下才行。

除了這一點之外，沒有什麼不正常之處，也沒有再發現那種小機器人，有幾次晚上，在睡夢之中，白素起身有事，忽然着了燈，倒令我虛驚，以為是那種柔和的黃色光芒，又向我照射了過來。

在起初的幾個月中，我很想念陶格的一家人，因為達寶也好，白素也好，就算他們毫無保留相信我的話，他們未曾身歷其境，我的遭遇，只有講給陶格夫婦聽，他們才會和我一樣，有切身的感受。

可是，我不論如何打聽，和以色列的那個「聯盟」聯絡，都無法再得到陶格一家人的消息。直到有一天，已經是我「回來」大半年之後的事情了，我因為另一件事，在印度的孟買，那天傍晚，我在一條街上走着。

孟買有她繁華的一面，也有極度貧窮的一面，我走着的那條街，兩旁全是高大的建築物，然而在橫街上，卻是成群結隊衣衫襤褸的貧童。

那些貧童，以偷竊、乞討為生，一看到外人，會成群結隊擁了上來向你乞討，不達目的，誓不干休。

我經過了第一條橫街，圍在我身邊的貧童，已經有三五十個，不住地乞討，有的甚至來拉扯我的衣服。遇上這樣的情形，真是難以應付，我正在考慮該如何脫身，第二條橫街中的貧童又發現了我，一聲呼嘯，又有三二十人奔過來。

我實在有點啼笑皆非，只好加快腳步，向一家百貨公司走去，公司門口有守衛，只要進了公司，貧童不敢進來。就在我快到公司門口之際，我忽然看到，在公司門口，有兩個白種小孩子，瑟縮着，縮在一角。

這兩個孩子污穢之極，長頭髮打着結，身上穿着的，也已不能再稱之為衣服。可是無論如何污穢，那一頭金髮，一頭紅髮，看來還是十分奪目。

當我向他們望去之際，他們也抬頭向我望了過來。在那一剎間，幾乎不相信自己的眼睛！唐娜和伊凡！毫無疑問，那是唐娜和伊凡！

從我第一次在歐洲的國際列車上遇到他們開始，我一直未曾遇到比他們更可愛的小孩子，我絕不會認錯人，而且，他們顯然也認出了我，正想向我走過來又不敢。我實在想不到，何以他們兩人，竟會淪落到這種地步，陶格夫婦呢？到哪裏去了？

我一面迅速地轉着念，一面已大聲叫了起來：「唐娜、伊凡！」

唐娜和伊凡一聽到我叫他們，立時跳起，向我奔來，我蹲下身子，不管他們身上是多麼髒，一邊一個，將他們抱起，他們也立時緊摟住了我的脖子，這種情形，將公司門口穿着制服的守門人，看得目瞪口呆。

我抱着他們兩人，急急向前走着，轉過了街角，才道：「你們怎麼會在這裏的？你們的父母呢？」

聽得我一問，唐娜小嘴一扁，立時想哭，伊凡忙道：「別哭，女孩子就是愛哭！」

唐娜的眼中，淚花亂轉，但總算忍住了，未曾流下淚來。我又道：「你們的父母……」

伊凡伸手向前一指，說道：「就在前面，過幾條街，不是很遠！」

我將他們兩人放了下來，緊握住他們的手，唯恐他們逃走。忽然會在這裏遇見他們，而且又可以和陶格夫婦見面，這是意料不到的大喜事，我決不肯因任何疏忽而錯過了這個機會。

唐娜和伊凡拉着我，一直向前走着，穿過了兩條街之後，我心中暗暗吃驚，因為我發覺，已經置身貧民窟！街上凹凸不平，孩童在污水潭中嬉戲，兩旁的屋子，甚至不能稱為屋子。挺着大肚子的女人，一面在晾曬着破衣服，一面在用極不堪入耳的話，罵着她們的子女，老年人在牆角，吸食着拾來的煙在等死，看不到一個壯年男丁，這是最可怖和貧窮的地方！

陶格先生來自那個時代，他有着極豐富的學識，在這個「核子動力萌芽時期」中，他幾乎可以擔任任何工作，就像我們這時代的人，回到了石器時代，可以成為超人一樣，他何以會住在這樣的地方？

我沒有向唐娜和伊凡多問什麼，只是跟着他們向前走，又穿過了一條窄巷，來到這個貧民窟的中心部分，在一幅堆滿了垃圾的空地上，用紙箱和舊木板，格出了幾十間屋子，那些「屋子」，最高也不超過一公尺半，簡直只是一個勉強可以遮住身子的掩蔽體，觸鼻的臭氣，中人欲嘔，還有許多大老鼠，在污水和垃圾之間奔來奔去，肆無忌憚。

看到了這樣的情形，我忍不住失色道：「天，你們住在這裏？」

伊凡道：「我們住在那一間！」

他說着，伸手向前一指，指的就是那間用紙皮和木板搭成的「屋子」。

我跟着他們跨過了一個污水潭，來到了那「屋子」的前面。

屋子也根本沒有門，只有一塊較大的木板，擋住入口。伊凡和唐娜到了門口，一起向我作了一個無可奈何的手勢，向門口指了一指，我將木板移開了一點，探頭向內望去。

我什麼也看不到，只聞到一股極難聞的氣味，那是垃圾的臭味，加上劣質酒的酒精味，幾乎連人呼吸也為之呆滯。

接着，我看到在一堆舊報紙之上，有東西在蠕動，等我的視線可以適應黑暗，我才看清，那是兩個人，而且，我也看清，那是陶格夫婦！

陶格先生的亂髮和亂鬚糾纏在一起，在黑暗中看來，他的雙眼，發出一種可怕的暗紅色的光芒。陶格夫人的一頭美髮，簡直如同抹布。他們兩人躺在舊報紙上，身邊有着不少空瓶，一望而知，是最劣等的劣酒瓶。

陶格夫人先發現了我，現出一個僵硬的笑容來：「你……終於找到我們了？」陶格先生木然地向我望了一眼：「酒！酒！給我酒！」

他一面說，一面發着抖，站了起來，由於「屋子」太低，他一站起來，頭就「砰」地一聲，撞在「屋頂」的一塊木板之上，可是他卻一點也不在乎，伸着發抖的手：「酒！酒！」

陶格這樣，他妻子的情形也好不了多少，他們全變成了無可樂救的酒鬼！這是從什麼時候開始的事？在格陵蘭冰原上和他們分手，只不過大半年，何以竟會變成了這樣子？

我握住了陶格的手，難過得說不出話來，陶格在不斷地叫道：「酒！酒，給我酒！」陶格夫人尖聲道：「先生，你聽到他在叫什麼！」

我苦笑了一下，一個這樣的酒徒，給他酒，等於加速他的沉淪，但如果不給他酒，只怕他連一句清楚的話也講不出來。我道：「好，我去買酒！」

伊凡道：「我去！」

我取了一些錢，交給伊凡，伊凡一溜煙地奔了出去，我扶着陶格，令他坐下，自己也坐了下來，我坐在一團舊報紙上。我道：「酒快來了，你先鎮定一下！」

陶格先生劇烈發着抖，顯然他無法鎮定下來。陶格夫人則仍然縮在一角，發出如同呻吟一般可怕的聲音。

我無法可施，只好緊握着他們兩人的手。不一會，伊凡便抓着兩瓶酒，奔了進來，陶格夫婦立時撲過去，搶過酒來，甚至來不及打開瓶塞，只是用力在地上一敲，敲碎了瓶頸，就對着酒瓶，大口大口吞咽起來，喉際不住發出「咯咯」的聲響。

他們一口氣，至少喝掉了半瓶酒，酒順着他們的口角，流下來，他們才長長地吁了一口氣。

我趁機將酒瓶自他們的手中取下來：「什麼時候上酒癮的？」

酒令得他們的神志清醒了些，一聽得我這樣問，陶格夫人雙手抱住了頭，身子縮成了一團，發出了哽咽的聲音。

陶格先生向我望了過來：「連我們自己也不記得了！」

我想令氣氛輕鬆一點，指着四周圍：「是不是想改行做作家，所以先來體驗一下生活？」

陶格雙手遮住了臉，又開始發起抖來，我道：「我有一段意想不到的經歷，你想聽一聽？」

陶格道：「我知道，你叫他們抓走了！」

我忙說道：「是的，可是我又逃了出來！全靠你，你告訴過我，可以通過逆轉裝置，令時間也逆轉，要不然，我逃不出來！」

陶格先生放下了雙手，用一種十分異樣的神情望着我：「你逃出來了？」

我道：「是！我現在能在這裏和你見面，就證明我是逃出來了！」

陶格先生忽然哈哈大笑，一面笑，一面用手指着我，轉頭望向他的妻子：「他逃出來了！哈哈，你聽聽，他逃出來了！」

我不知道我逃出來這件事有什麼好笑，可是陶格夫人居然也笑了起來，他們兩人一起指着我，一直笑着，笑得我開始莫名其妙，最後忍不住無名火起，大喝一聲：「有什麼好笑？」

陶格夫婦仍然笑着，陶格笑得連氣也有點喘不過來，一伸手，搶過了酒瓶，又大口喝了兩口酒，才抹着口角：「你逃出來了，嗯，你逃出來了！」

我怒視着他，他又指着我的鼻子：「除了建築物之外，根本沒有空氣，我想你一定是意外地發現了一筒壓縮氧氣，嗯？」

我呆了一呆，陶格是那裏來的，他當然知道情形，所以我點了點頭。

陶格又道：「你歷盡艱險，九死一生，好幾次，你絕望了，可是在最危急的關頭，絕處逢生，是不是？」

我沒好氣地道：「當然是，不然，我也逃不出來了。」

陶格又神經質地笑了起來，陶格夫人道：「別笑他，我們過了多久才明白？」

陶格先生一聽，陡地止住了笑聲：「足足十年！」

陶格夫人道：「是啊，那麼，他怎麼會明白？唉！玩玩具的花樣愈來愈多了！」

陶格先生喃喃地道：「是啊，他是E型的，正適合這種『大逃亡』玩法！」

陶格夫婦的話，聽得我莫名其妙，我道：「你們在說什麼？」

他們兩人卻並不回答我，只是用一種悲哀的神情望着我，搖着頭。

我心中十分冒火：「好，如果你們不痛痛快快說出來，我就不供給你們喝酒！」對一個有酒癮的酒徒，講出這樣話來，不但殘忍，而且近乎卑鄙，但是我卻忍不住這樣講，因為他們的態度太曖昧！

我的話才一出口，兩人齊聲叫起來，又取過了酒瓶，大口喝酒，像是以後再也沒有機會喝酒一樣。然後，陶格才道：「我們自己以為逃出來了，但是實際上，我們根本沒有逃出來！」

我呆了一呆：「你的意思是，他們追蹤而來？」

陶格苦笑了一下：「開始以為完全自由了，後來，偶然發現了『他們』，以為『他們』追蹤而來，於是，我們就四下躲逃，唯恐被『他們』發現，甚至躲進了格陵蘭的冰層之下！」

我有點悚然：「躲不過去？還是叫他們找到了？」

陶格又發出了一陣令人不寒而慄的乾笑聲：「錯了，根本錯了！我們根本沒有逃出來，一切只是一種新的玩法，舊玩具的一種新玩法！」

我不明白「舊玩具的新玩法」之說是什麼意思，所以只好呆瞪着他。

陶格又說道：「我想，以後，E型的，一定會很適合這種玩法！」

我提高了聲音，道：「你究竟在說什麼，請你說得明白一點。」

陶格看來神志清醒了許多，望着我：「那裏，除了建築物外，是沒有氧氣的！」

我道：「是，我知道！」

陶格又道：「你仔細想一想，是不是有一個經歷，在離開建築物之後，你可以不必藉助任何裝備，而照樣呼吸？」

我呆了一呆，想着。從會見那老人的密室，到山洞，我發現了壓縮氧氣，我一直用「水肺」來獲得呼吸，陶格所說的那種情形，似乎並沒有出現過，但是——我突然想起，是的，在我放了火，而被提出建築物之際，我落在一個大平原上，有幾十個小機器人圍着我，那時，我全然不在任何建築物之中，我也不知道外面沒有氧氣，一樣呼吸得很好，還曾和這些小機器人，展開了追逐。

這是怎麼一回事？陶格特地向我提起這一點，又是什麼意思？

我吸了一口氣：「這……說明了什麼？」

陶格道：「這說明他們無所不能，沒有氧氣，他們可以立即在體內製造，放出來，使氧環繞在你的周圍，供你呼吸！不想你死去，因為你是他們的玩具！」

陶格的聲音愈來愈尖，而陶格夫人聽到這裏，發出了一下呻吟聲。我心中陡地想起了一件事，心中又驚又怕，張大了口，發不出聲來。

我掙扎了許久，才道：「你的意思……是……是……我的逃亡歷程……」

陶格沉聲道：「你的逃亡歷程，就是他們的遊戲過程！」

我想到的就是這一點，怕的也是這一點！

一時之間，我只覺得全身冷汗直冒，喉間發出一種奇異的聲響，過了好一會，才道：「你肯定？」

陶格先生和陶格夫人一起長歎了一聲，齊聲道：「肯定。」

我還抱着萬分之一的希望，試探地道：「還算好，雖然我自以為歷盡艱險的逃亡，只是『他們』的遊戲，但是我總算逃回來了，『他們』的遊戲也結束了！我們……」我說到這裏，指了指自己，又指了指陶格夫婦，續道：「我們是人，不是玩具！」

陶格夫人沒有表示什麼，陶格則又笑起來：「你以為我們為什麼會變成了酒鬼？」我喉際「咯」地一聲，沒有出聲。陶格將手壓在我的肩頭上：「遊戲一直在持續着，我們一直是他們的玩具。他們放我出來，一直將我的活動，當作玩耍！」

陶格講到這裏，聲音變得尖銳：「我是他們的玩具，你也是！有什麼人，想阻止他們的遊戲進行下去，他們就會掃除障礙，弄死那些阻礙遊戲進行的人！那雙法國夫婦，發現了唐娜和伊凡不會長大，就被他們殺了，因為這個發現會阻礙玩耍。那個玩具推銷員，對我們起了疑心，也被清除，至於那兩個以色列人，他們竟愚蠢地以為我是什麼博士，當然也非死不可！」

我忽然變得口吃起來：「那麼我……我……」

陶格道：「本來你也一定要死，但是他們發現你是E型，比我們好玩得多，像你經歷的逃亡過程，我就做不到！」

我陡地大聲叫了起來：「他們在哪裏？在哪裏？」我一面叫，一面四面看看，希望可以看到那種小機器人，但除了污穢的雜物之外，什麼也看不到！

陶格苦笑道：「你看不到他們，他們或許在五百公里的高空，你看不到他們，摸不到他們，但是他們繼續着他們的遊戲，而你、我，是他們的玩具！」

我急速地喘着氣，盯着陶格，陶格又道：「我一直以為自己逃出來了，可以躲過他們，但如今我知道躲不過去了，我不再逃，只是喝酒，希望不要清醒！」

我無話可說，只是怔怔地望着陶格夫婦，同時也感到一陣莫名的衝動，抓起酒瓶來，向自己的口中，灌着那種苦澀乾烈得難以入口的劣酒。

劣酒令得我全身發熱，也令我冒很多汗，我的面肉在不由自主抽搐着，陶格以一種十分同情的眼色望着我，忽然，他道：「你為什麼反應這樣強烈？」

如果陶格的樣子不是看來這樣落魄，我真會忍不住一拳打過去！我惡狠狠地瞪着他：「強烈？照你看來，一個人知道了自己只不過是玩具，他應該作什麼樣的反應？高興？滿足？安慰？」

陶格搖着頭：「我不知道。可是，你們這一代人所追求的生活，和作為玩具的生活一樣！你們追求舒適的住宅、精美的食物、美麗動人的配偶，這一切，是你們這一代人的理想！」

我陡地伸手，抓住了陶格胸前的破衣服，一下子將他拉了過來，吼叫道：「自由！我們是人！有自由，玩具沒有，所以我們要做人，不要做玩具！」

陶格對着我的吼叫，神情十分鎮定，並且帶着一種極度冷嘲的意味：「自由？」

我不顧得刺傷他的心：「是的，自由！或許你生來就是玩具，所以不知道什麼是自由！」

這種話，如果不是我心情極度激動，決不會說。果然，陶格聽得我這樣講，陡地震動了一下。但是他卻顯然可以承受打擊，他道：「我當然知道什麼是自由，不然我也不會帶着家人逃。可是，到了你們的這個時代，我沒有發現自由！」

我更怒：「你沒發現有自由？」

陶格道：「是的，你以為你有自由？許多人以為他有自由，我從另一個時代來，我以旁觀者的角度來看，一點也看不到自由。或許我還應該回到更早，回到石器時代去，那時可能有自由，自由是逐漸消失的，隨着所謂文明的發展而消失。到了我們這一代，消失得成為徹頭徹尾的玩具！」

我冷笑道：「我不明白你在講些什麼！我們這一代的人，當然有自由！」

陶格也提高了聲音：「沒有！你們這一代的人，根本沒有個人，沒有自由。千絲萬縷的社會關係，種種式式的社會道德，求生的本能和慾望，精神和物質的雙重負擔，猶如一重又一重的桎梏，加在你們每一個人的頭上，而你們還努力使桎梏變得更多！你們早已是奴隸和玩具，每一個人都是另一些人的玩具，為另一些人活着，不是為自己活着，沒有一個人有自由，沒有一個人可以自由自在做自己喜歡做的事而不顧及種種的牽制，自由，早就消失了！」

陶格愈說愈激動，臉也漲得通紅。我呆呆地聽他說着，說到後來，他簡直在怒吼，而且不斷地揮着手。

當他停了下來，急速喘着氣之際，我怔呆，一句話也說不出來。

陶格的話是對的，或許在石器時代，人還有自由，不為名，不為利，也不為人情世故，簡單的生活不產生複雜的感情，每一個人還有自己的存在。到了「核子動力的萌芽時期」，也就是我們這一代，能有多少人還保持自我？能有多少人不被重重桎梏壓着？

我呆住了不出聲，陶格道：「人，終於發展到了變成玩具，並不是突變的，而是逐步形成，而且，幾乎可以肯定，那是必然的結果，任何力量，都不能改變！」

我喃喃地道：「是的，那是必然的結果！」我在講完了這句話之後，轉過頭去，對一直呆立在一角的唐娜和伊凡道：「你們……再去買幾瓶酒來！」

當天，我和陶格夫婦一起，醉倒在紙皮板搭成的屋子之中。

我們在喝了酒之後，又講了許多話，由於劣質酒精的作祟，大多數話，我已不能追憶，只是記得其中的一些。

有一些是關於他們一家人的外形：連陶格也不知道是由於什麼原因，他們的孩子長不大，他們自己也不會老，那可能是由於他們在通過逆轉裝置時，使時間在他們的身上失去了作用所致。但是我卻另有見解，我認為那根本是「他們」的力量，「他們」不喜歡自己的玩具變樣，所以不知通過了什麼方法，使他們一家，永遠維持着原來的樣子，以欣賞他們一家在「核子動力的萌芽時期」的活動、躲逃為樂。

我醉得人事不省，一直當我在極度的不舒適中醒來，踉蹌揭開一塊紙皮，衝出「屋子」外面，大嘔特嘔，我才發現陶格的一家，已經不見了。

當時，我頭痛欲裂，一面大聲叫着，一面身子搖晃，找尋着他們，但一直到天亮，還沒有發現他們的蹤影。

我休息了一天，使自己復原，然後又停留了幾天，想再次和他們相遇，但是卻沒有達到目的。當我辦完了在孟買應辦的事，回到了家中，向白素談起和陶格一家見面的結果。

白素聽了，半晌不出聲，才歎了一口氣：「陶格說得很對，沒有一個人，完全為自己活着，完全可以不受外來任何關係的播弄而生活。」

我道：「那，你的意思是，每一個人，都是其他人的玩具？」

白素又想了一會，才道：「或許可以說，每一個人，都是命運的玩具！」

我呆了半晌，抬頭望向窗外，命運，是看不見、摸不着的一種存在，和那種「小機器人」差不多。命運在玩弄着人，人好像也很甘心被它玩弄，一旦有人不甘心被命運玩弄了，他會有什麼結果？其實，正確的說法，應該是根本沒有人可以擺脫命運的玩弄！

人，根本就是玩具！

（全文完）

衛斯理小說典藏版　06

玩具

作　　者：　衛斯理（倪匡）
責任編輯：　黎倩雲　黃敬安
封面設計：　三原色
出　　版：　明窗出版社
發　　行：　明報出版社有限公司
香港柴灣嘉業街18號
明報工業中心A座15樓
電　　話：　2595 3215
傳　　真：　2898 2646
網　　址：　https://books.mingpao.com/
電子郵箱：　mpp@mingpao.com
版　　次：　二〇二〇年七月初版
二〇二二年七月第二版
二〇二三年六月第三版
I S B N：　978-988-8687-20-6
承　　印：　美雅印刷製本有限公司